Dieses Taschenbuch enthält in englisch-deutschem Paralleldruck sieben Kurzgeschichten von Ernest Hemingway (1898–1961).

Das Haupt-Thema der meisten ist die Vater-Sohn-Beziehung. Jeder Mann und jeder Junge ist ein Sohn, der seiner Ängste Herr werden, der sich bewähren will und soll – ohne den Vater, vielleicht gegen den Vater. Bei Hemingway ist Bewährung eine ernste, heroische Initiation, weltenweit entfernt vom Schema der Vulgär-Psychologie. Bei Hemingway durchschauen sich Sohn und Vater abgrundtief – und gerade *das* begründet eine liebevolle, ja zarte Brüderschaft.

Neben diesem Thema enthalten die Kurzgeschichten des vorliegenden Bandes viele andere wichtige Elemente aus der Welt des großen Erzählers: Indianer; Stierkampf; Krieg; Jagd; Liebe; Geburt und Tod.

dtv zweisprachig · Edition Langewiesche-Brandt

Ernest Hemingway

Fathers and Sons. Short Stories

Väter und Söhne. Kurzgeschichten

Übersetzung von Annemarie Horschitz-Horst

dtv

Deutscher Taschenbuch Verlag

Deutscher Taschenbuch Verlag GmbH & Co. KG, München
1. Auflage 1980. 8. Auflage November 1995

Einzelnachweise auf Seite 106
Umschlagentwurf: Celestino Piatti
Gesamtherstellung: Kösel, Kempten
ISBN 3-423-09171-1. Printed in Germany

The Capital of the World

Madrid is full of boys named Paco, which is the diminutive of the name Francisco, and there is a Madrid joke about a father who came to Madrid and inserted an advertisement in the personal columns of *El Liberal* which said: PACO MEET ME AT HOTEL MONTANA NOON TUESDAY ALL IS FORGIVEN PAPA and how a squadron of Guardia Civil had to be called out to disperse the eight hundred young men who answered the advertisement. But this Paco, who waited on table at the Pension Luarca, had no father to forgive him, nor anything for the father to forgive. He had two older sisters who were chambermaids at the Luarca, who had gotten their place through coming from the same small village as a former Luarca chambermaid who had proven hardworking and honest and hence given her village and its products a good name; and these sisters had paid his way on the auto-bus to Madrid and gotten him his job as an apprentice waiter. He came from a village in a part of Extramadura where conditions were incredibly primitive, food scarce, and comforts unknown and he had worked hard ever since he could remember.

He was a well built boy with very black, rather curly hair, good teeth and a skin that his sisters envied, and he had a ready and unpuzzled smile. He was fast on his feet and did his work well and he loved his sisters, who seemed beautiful and sophisticated; he loved Madrid, which was still an unbelievable place, and he loved his work which, done under bright lights, with clean linen, the wearing of evening clothes, and abundant food in the kitchen, seemed romantically beautiful.

There were from eight to a dozen other people who lived at the Luarca and ate in the dining room but for

Die Hauptstadt der Welt

Madrid wimmelt von Jungen, die Paco heißen: das ist die Abkürzung des Namens Francisco, und es gibt einen Madrider Witz von einem Vater, der nach Madrid kam und in den Kleinanzeigen im *El Liberal* folgendes Inserat aufgab: «*Paco, komm Dienstagmittag ins Hotel Montana. Alles vergeben. Papa*», und wie eine ganze Kompanie Guardia Civil aufgeboten werden mußte, um die achthundert jungen Männer auseinanderzutreiben, die auf die Anzeige hin gekommen waren. Aber dieser Paco, der in der Pension *Luarca* bei Tisch bediente, hatte weder einen Vater, der ihm vergeben konnte, noch etwas, was ein Vater ihm hätte vergeben können. Er hatte zwei ältere Schwestern, die in der *Luarca* Zimmermädchen waren, die ihre Stellung dadurch bekommen hatten, daß sie aus demselben kleinen Dorf stammten wie ein früheres *Luarca*-Zimmermädchen, das sich als arbeitsam und ehrlich erwiesen und so ihrem Dorf und dessen Erzeugnissen einen guten Ruf verschafft hatte; und diese Schwestern hatten ihm die Fahrt im Omnibus nach Madrid bezahlt und ihm die Anstellung als Kellnerlehrling besorgt. Er kam aus einem Dorf aus einer Gegend von Estremadura, in dem die Lebensbedingungen unglaublich primitiv waren, das Essen rar und jede Bequemlichkeit unbekannt, und er hatte, so lange er denken konnte, schwer gearbeitet.

Er war ein gut gewachsener Bursche mit tiefschwarzem, ziemlich krausem Haar, gesunden Zähnen und einer Haut, um die ihn seine Schwestern beneideten, und er hatte ein stets gegenwärtiges unbefangenes Lächeln. Er war flink auf den Beinen, tat ordentlich seine Arbeit, und er liebte seine Schwestern, die ihm schön und weltstädtisch vorkamen; er liebte Madrid, das für ihn immer noch etwas Phantastisches war, und er liebte seine Arbeit, die er im hellen Lampenlicht tat und die ihm – mit sauberer Tischwäsche, Abendanzug und ausreichendem Essen in der Küche – romantisch schön schien.

Etwa acht bis zwölf andere Leute wohnten in der *Luarca* und aßen im Speisezimmer, aber für Paco, den jüngsten der drei

Paco, the youngest of the three waiters who served at table, the only ones who really existed were the bull fighters.

Second-rate matadors lived at that pension because the address in the Calle San Jeronimo was good, the food was excellent and the room and board was cheap. It is necessary for a bull fighter to give the apperance, if not of prosperity, at least of respectability, since decorum and dignity rank above courage as the virtues most highly prized in Spain, and bull fighters stayed at the Luarca until their last pesetas were gone. There is no record of any bull fighter having left the Luarca for a better or more expensive hotel; second-rate bull fighters never became first rate; but the descent from the Luarca was swift since any one could stay there who was making anything at all and a bill was never presented to a guest unasked until the woman who ran the place knew that the case was hopeless.

At this time there were three full matadors living at the Luarca as well as two very good picadors, and one excellent banderillero. The Luarca was luxury for the picadors and the banderilleros who, with their families in Seville, required lodging in Madrid during the Spring season, but they were well paid and in the fixed employ of fighters who were heavily contracted during the coming season and the three of these subalterns would probably make much more apiece than any of the three matadors. Of the three matadors one was ill and trying to conceal it; one had passed his short vogue as a novelty; and the third was a coward.

The coward had at one time, until he had received a peculiarly atrocious horn wound in the lower abdomen at the start of his first season as a full matador, been exceptionally brave and remarkably skillful and he still had many of the hearty mannerisms of his days of success. He was jovial to excess

Kellner, die bei Tisch bedienten, waren die einzigen, die wirklich existierten, die Stierkämpfer.

Zweitklassige Matadore wohnten in dieser Pension, weil die Adresse Calle San Jerónimo gut war; das Essen war ausgezeichnet, und Zimmer und Verpflegung waren billig. Es ist wesentlich, daß sich ein Stierkämpfer, wenn auch nicht gerade den Anschein von Wohlhabenheit, doch zum mindesten von Wohlanständigkeit gibt, da in Spanien Würde und äußeres Auftreten mehr gelten als Mut und die am höchsten geschätzten Tugenden sind; die Stierkämpfer blieben in der *Luarca* so lange, bis ihre letzten Peseten ausgegeben waren.

Man weiß von keinem Stierkämpfer, der die *Luarca* für ein besseres oder teureres Hotel verlassen hätte; zweitklassige Stierkämpfer wurden niemals erstklassige; aber der Abstieg von der *Luarca* war rapide, da dort jeder wohnen konnte, der überhaupt etwas verdiente, und da keinem Gast je eine Rechnung ungebeten vorgelegt wurde, bis die Frau, die das Unternehmen leitete, wußte, daß der Fall hoffnungslos war.

Zu jener Zeit wohnten außer zwei sehr guten Picadores und einem ausgezeichneten Banderillero drei Matadores in der *Luarca*. Die *Luarca* war für die Picadores und Banderilleros, deren Familien in Sevilla lebten, und die während der Frühjahrssaison in Madrid eine Unterkunft benötigten, ein Luxus; aber sie wurden gut bezahlt, waren fest angestellt bei Stierkämpfern, die in der kommenden Saison eine Menge Kontrakte hatten, und die drei Subalternen verdienten wahrscheinlich jeder einzelne viel mehr als einer der drei Matadore. Von den drei Matadoren war einer krank und suchte es zu verheimlichen, einer war nur kurze Zeit Mode gewesen, und der dritte war ein Feigling.

Der Feigling war einstmals, bevor er eine besonders abscheuliche Hornwunde im Unterleib erhalten hatte, zu Beginn seiner ersten Saison als Matador außergewöhnlich tapfer und bemerkenswert geschickt gewesen, und er hatte noch viele der burschikosen Eigenarten aus seiner Glanzzeit beibehalten. Er war übertrieben jovial und lachte dauernd, mit

and laughed constantly with and without provocation. He had, when successful, been very addicted to practical jokes but he had given them up now. They took an assurance that he did not feel. This matador had an intelligent, very open face and he carried himself with much style.

The matador who was ill was careful never to show it and was meticulous about eating a little of all the dishes that were presented at the table. He had a great many handkerchiefs which he laundered himself in his room and, lately, he had been selling his fighting suits. He had sold one, cheaply, before Christmas and another in the first week of April. They had been very expensive suits, had always been well kept and he had one more. Before he had become ill he had been a very promising, even a sensational, fighter and, while he himself could not read, he had clippings which said that in his debut in Madrid he had been better than Belmonte. He ate alone at a small table and looked up very little.

The matador who had once been a novelty was very short and brown and very dignified. He also ate alone at a separate table and he smiled very rarely and never laughed. He came from Valladolid, where the people are extremely serious, and he was a capable matador; but his style had become old-fashioned before he had ever succeeded in endearing himself to the public through his virtues, which were courage and a calm capability, and his name on a poster would draw no one to a bull ring. His novelty had been that he was so short that he could barely see over the bull's withers, but there were other short fighters, and he had never succeeded in imposing himself on the public's fancy.

Of the picadors one was a thin, hawk-faced, gray-haired man, lightly built but with legs and arms
10 like iron, who always wore cattle-men's boots under
11 his trousers, drank too much every evening and gazed

und ohne Anlaß. Er hatte, als er noch erfolgreich war, anderen gern einen Schabernack gespielt, aber er hatte das jetzt aufgegeben.

Und damit schwand auch die Sicherheit, die er nicht fühlte. Dieser Matador hatte ein gescheites, freimütiges Gesicht und benahm sich mit viel Grandezza.

Der Matador, der krank war, bemühte sich, es nie zu zeigen, und aß peinlich genau ein bißchen von allen Gerichten, die bei Tisch gereicht wurden. Er hatte eine Unzahl Taschentücher, die er in seinem Zimmer selber auswusch, und kürzlich hatte er seine Kampfkostüme verkauft. Eines hatte er billig vor Weihnachten verkauft und ein anderes in der ersten Aprilwoche. Es waren sehr teure Anzüge gewesen, die immer gut gehalten worden waren, und einen hatte er noch. Ehe er krank wurde, war er ein vielversprechender, ja sogar ein aufsehenerregender Stierkämpfer gewesen, und obwohl er selbst nicht lesen konnte, hatte er Zeitungsausschnitte, in denen stand, daß er bei seinem ersten Auftreten in Madrid besser als Belmonte gewesen sei. Er aß allein an einem kleinen Tisch und blickte sehr selten auf.

Der Matador, der einmal Mode gewesen war, war sehr klein, braun und voller Würde. Auch er aß allein an einem kleinen Tisch, und er lächelte sehr selten und lachte nie. Er kam aus Valladolid, wo die Menschen außergewöhnlich ernsthaft sind, und er war ein fähiger Matador; aber sein Stil war bereits veraltet, bevor es ihm gelungen war, sich durch seine guten Eigenschaften, nämlich Mut und Umsicht, beim Publikum beliebt zu machen, und sein Name auf einem Plakat lockte niemanden in die Arena. Seine Eigenart hatte darin bestanden, daß er so klein war, daß er dem Stier kaum über den Widerrist sehen konnte, aber es gab noch mehr kleine Kämpfer, und es war ihm niemals gelungen, sich in der Gunst des Publikums durchzusetzen.

Einer der Picadores war ein magerer, grauhaariger Mann mit einem Habichtgesicht, von zierlichem Wuchs, aber mit Armen und Beinen wie aus Eisen, der immer unter seine Hose hohe Viehtreiberstiefel trug, jeden Abend zuviel trank und jede

amorously at any woman in the pension. The other was huge, dark, brown-faced, good-looking, with black hair like an Indian and enormous hands. Both were great picadors although the first was reputed to have lost much of his ability through drink and dissipation, and the second was said to be too headstrong and quarrelsome to stay with any matador more than a single season.

The banderillero was middle-aged, gray, cat-quick in spite of his years and, sitting at the table he looked a moderately prosperous business man. His legs were still good for this season, and when they should go he was intelligent and experienced enough to keep regularly employed for a long time. The difference would be that when his speed of foot would be gone he would always be frightened where now he was assured and calm in the ring and out of it.

On this evening every one had left the dining room except the hawk-faced picador who drank too much, the birthmarked-faced auctioneer of watches at the fairs and festivals of Spain, who also drank too much, and two priests from Galicia who were sitting at a corner table and drinking if not too much certainly enough. At that time wine was included in the price of the room and board at the Luarca and the waiters had just brought fresh bottles of Valdepeñas to the tables of the auctioneer, then to the picador and, finally, to the two priests.

The three waiters stood at the end of the room. It was the rule of the house that they should all remain on duty until the diners whose tables they were responsible for should all have left, but the one who served the table of the two priests had an appointment to go to an Anarcho-Syndicalist meeting and Paco had agreed to take over his table for him.

12 Upstairs the matador who was ill was lying face
13 down on his bed alone. The matador who was no

Frau in der Pension verliebt anstarrte. Der andere war riesengroß, dunkel, braungesichtig, gut aussehend, mit schwarzem Haar wie ein Indianer und gewaltigen Händen. Beide waren hervorragende Picadores, obschon es von dem einen hieß, daß er durch Trunksucht und Ausschweifung viel von seiner Gewandtheit eingebüßt habe, und vom zweiten, daß er zu dickköpfig und streitsüchtig sei, um länger als eine einzige Saison bei irgendeinem Matador zu bleiben.

Der Banderillero war in mittleren Jahren, grau, katzenhaft flink trotz seines Alters, und wenn er bei Tisch saß, sah er wie ein mäßig erfolgreicher Geschäftsmann aus. Seine Beine taten es diese Saison noch, und sollten sie einmal versagen, war er gescheit und erfahren genug, um noch lange Zeit hindurch ständige Beschäftigung zu finden. Der Unterschied würde sein, daß, wenn es mit der Flinkheit seiner Füße vorbei war, er immer Angst haben würde, während er jetzt, innerhalb und außerhalb der Arena, sicher und ruhig war.

An diesem Abend hatten alle das Speisezimmer verlassen bis auf den Picador mit dem Habichtgesicht, der zuviel trank, einen Mann, dessen Gesicht mit einem Muttermal gezeichnet war, der auf den Jahrmärkten und Volksfesten Spaniens Uhren versteigerte, der auch zuviel trank, und zwei Priester aus Galicia, die an einem Ecktisch saßen und wenn auch nicht gerade zuviel, so doch bestimmt genug tranken. Damals war in der *Luarca* der Wein im Preis für Zimmer und Verpflegung inbegriffen, und die Kellner hatten gerade dem Auktionator, dann dem Picador und schließlich den beiden Priestern frische Flaschen Valdepeñas an die Tische gebracht.

Die drei Kellner standen am anderen Ende. Es war die Hausordnung, daß sie alle auf ihrem Posten blieben, bis die Gäste, für deren Tische sie verantwortlich waren, gegangen waren, aber der eine, der den Tisch der beiden Priester bediente, hatte sich verabredet, um zu einer Versammlung der Anarcho-Syndikalisten zu gehen, und Paco hatte sich bereit erklärt, seinen Tisch zu übernehmen.

Oben lag der Matador, der krank war, allein auf seinem Bett, mit dem Gesicht in den Kissen. Der Matador, der keine

longer a novelty was sitting looking out of his window preparatory to walking out to the café. The matador who was a coward had the older sister of Paco in his room with him and was trying to get her to do something which she was laughingly refusing to do. This matador was saying "Come on, little savage."

"No," said the sister. "Why should I?"

"For a favor."

"You've eaten and now you want me for dessert."

"Just once. What harm can it do?"

"Leave me alone. Leave me alone, I tell you."

"It is a very little thing to do."

"Leave me alone, I tell you."

Down in the dining room the tallest of the waiters, who was overdue at the meeting, said "Look at those black pigs drink."

"That's no way to speak," said the second waiter. "They are decent clients. They do not drink too much."

"For me it is a good way to speak," said the tall one. "There are the two curses of Spain, the bulls and the priests."

"Certainly not the individual bull and the individual priest," said the second waiter.

"Yes," said the tall waiter. "Only through the individual can you attack the class. It is necessary to kill the individual bull and the individual priest. All of them. Then there are no more."

"Save it for the meeting," said the other waiter.

"Look at the barbarity of Madrid," said the tall waiter. "It is now half-past eleven o'clock and these are still guzzling."

"They only started to eat at ten," said the other waiter. "As you know there are many dishes. That wine is cheap and these have paid for it. It is not a strong wine."

Attraktion mehr war, saß da und blickte aus dem Fenster, bevor er sich anschickte, ins Café zu gehen. Der Matador, der ein Feigling war, hatte Pacos ältere Schwester bei sich im Zimmer und versuchte, sie zu etwas zu bringen, was zu tun sie lachend ablehnte. Dieser Matador sagte: «Los, komm, du kleine Wilde.»

«Nein», sagte die Schwester. «Warum sollte ich denn?»

«Aus Nettigkeit.»

«Sie haben gegessen, und jetzt wollen Sie mich als Nachtisch.»

«Bloß einmal. Was ist denn schon dabei.»

«Lassen Sie mich zufrieden. Lassen Sie mich zufrieden, sag ich Ihnen.»

«Es ist doch nur eine Kleinigkeit.»

«Lassen Sie mich zufrieden, sag ich Ihnen.»

Unten im Speisezimmer sagte der größere Kellner, der längst auf der Versammlung hätte sein müssen: «Sieh mal, wie diese schwarzen Schweine saufen.»

«Das ist keine Art, zu reden», sagte der zweite Kellner. «Es sind anständige Kunden. Sie trinken nicht zuviel.»

«Das ist meine Art, zu reden», sagte der Große. «Die Stiere und die Priester, die sind Spaniens Fluch.»

«Gewiß nicht der einzelne Stier und nicht der einzelne Priester», sagte der zweite Kellner.

«Doch», sagte der lange Kellner. «Nur durch das Individuum kann man die Klasse angreifen. Es ist notwendig, den einzelnen Stier und den einzelnen Priester zu töten. Jeden einzelnen von ihnen. Dann gibt's keine mehr.»

«Heb dir das für die Versammlung auf», sagte der andere Kellner.

«Sieh dir doch die Unmenschlichkeit in Madrid an», sagte der große Kellner. «Jetzt ist es halb zwölf, und die kneipen immer noch.»

«Sie haben erst um zehn mit Essen angefangen», sagte der andere Kellner. «Du weißt ja, wieviel Gänge es gibt. Der Wein da ist billig, und sie haben dafür bezahlt. Es ist kein schwerer Wein.»

"How can there be solidarity of workers with fools like you?" asked the tall waiter.

"Look," said the second waiter who was a man of fifty. "I have worked all my life. In all that remains of my life I must work. I have no complaints against work. To work is normal."

"Yes, but the lack of work kills."

"I have always worked," said the older waiter. "Go on to the meeting. There is no necessity to stay."

"You are a good comrade," said the tall waiter. "But you lack all ideology."

"Mejor si me falta eso que el otro," said the older waiter (meaning it is better to lack that than work). "Go on to the *mitin.*"

Paco had said nothing. He did not yet understand politics but it always gave him a thrill to hear the tall waiter speak of the necessity for killing the priests and the Guardia Civil. The tall waiter represented to him revolution and revolution also was romantic. He himself would like to be a good catholic, a revolutionary, and have a steady job like this, while, at the same time, being a bullfighter.

"Go on to the meeting, Ignacio," he said. "I will respond for your work."

"The two of us," said the older waiter.

"There isn't enough for one," said Paco. "Go on to the meeting."

"Pues, me voy," said the tall waiter. "And thanks."

In the meantime, upstairs, the sister of Paco had gotten out of the embrace of the matador as skilfully as a wrestler breaking a hold and said, now angry, "These are the hungry people. A failed bullfighter. With your ton-load of fear. If you have so much of that, use it in the ring."

"That is the way a whore talks."

16 "A whore is also a woman, but I am not a whore."

17 "You'll be one."

«Wie kann es eine Solidarität der Arbeiter geben, solange es solche Dummköpfe wie dich gibt?» fragte der lange Kellner.

«Sieh mal», sagte der zweite Kellner, der ein Mann von fünfzig war. «Ich hab mein ganzes Leben lang gearbeitet. Den Rest meines Lebens werde ich arbeiten müssen. Ich habe nichts gegen Arbeit einzuwenden. Arbeiten ist normal.»

«Ja, aber Arbeitslosigkeit tötet.»

«Ich habe immer gearbeitet», sagte der ältere Kellner. «Geh zu deiner Versammlung. Es ist nicht nötig, daß du hierbleibst.»

«Du bist ein guter Kamerad», sagte der große Kellner. «Aber dir fehlt jede Ideologie.»

«Mejor si me falta eso que el otro», sagte der ältere Kellner. «Besser, mir fehlt's daran, als an Arbeit. Los, geh zu deiner Versammlung.»

Paco hatte nichts gesagt. Er verstand noch nichts von Politik, aber es überlief ihn immer heiß und kalt, wenn er den großen Kellner von der Notwendigkeit sprechen hörte, die Priester und die Guardia Civil totzuschlagen. Der große Kellner verkörperte für ihn die Revolution, und Revolution war auch romantisch. Er selbst wollte gern ein guter Katholik sein *und* ein Revolutionär, eine feste Anstellung wie diese hier haben und gleichzeitig ein Stierkämpfer sein.

«Geh zu deiner Versammlung, Ignacio», sagte er. «Ich übernehm deine Arbeit.»

«Wir beide», sagte der ältere Kellner.

«Ist nicht mal für einen genug», meinte Paco. «Geh zur Versammlung.»

«Pues me voy», sagte der große Kellner. «Und vielen Dank.»

Inzwischen hatte sich Pacos Schwester oben geschickt wie ein Ringkämpfer, der sich aus einem Griff löst, der Umarmung des Matadors entzogen und sagte jetzt ärgerlich: «So sind die ausgehungerten Leute. Ein bankrotter Stierkämpfer. Mit Ihrer Tonnenladung von Angst. Wenn Sie soviel davon haben, verwenden Sie's doch in der Arena.»

«Du redest wie eine Hure.»

«Eine Hure ist auch eine Frau, aber ich bin keine Hure.»

«Du wirst schon eine werden.»

"Not through you."

"Leave me," said the matador who, now, repulsed and refused, felt the nakedness of his cowardice returning.

"Leave you? What hasn't left you?" said the sister. "Don't you want me to make up the bed? I'm paid to do that."

"Leave me," said the matador, his broad good-looking face wrinkled into a contortion that was like crying. "You whore. You dirty little whore."

"Matador," she said, shutting the door. "My matador."

Inside the room the matador sat on the bed. His face still had the contortion which, in the ring, he made into a constant smile which frightened those people in the first rows of seats who knew what they were watching. "And this," he was saying aloud. "And this. And this."

He could remember when he had been good and it had only been three years before. He could remember the weight of the heavy gold-brocaded fighting jacket on his shoulders on that hot afternoon in May when his voice had still been the same in the ring as in the café, and how he sighted along the point-dipping blade at the place in the top of the shoulders where it was dusty in the short-haired black hump of muscle above the wide, wood-knocking, splintered-tipped horns that lowered as he went in to kill, and how the sword pushed in as easy as into a mound of stiff butter with the palm of his hand pushing the pommel, his left arm crossed low, his left shoulder forward, his weight on his left leg, and then his weight wasn't on his leg. His weight was on his lower belly and as the bull raised his head the horn was out of sight in him and he swung over on it twice before they pulled him off it. So now when he went in to kill, and it was seldom, he could not look at the horns and what did

«Nicht durch Sie.»

«Laß mich zufrieden», sagte der Matador, der jetzt, da er abgelehnt und zurückgewiesen war, die nackte Feigheit wiederkehren fühlte.

«Sie zufriedenlassen? Was hat Sie denn nicht zufriedengelassen?» sagte die Schwester. «Wollen Sie nicht, daß ich Ihr Bett zurechtmache? Dafür werde ich bezahlt.»

«Laß mich zufrieden», sagte der Matador; sein breites, gutaussehendes Gesicht verzerrte sich zu einer Grimasse, als wenn er weinen wollte. «Du Hure. Du dreckige kleine Hure.»

«Matador», sagte sie und machte die Tür zu. «Mein Matador.»

Drinnen saß der Matador auf dem Bett. Sein Gesicht zeigte immer noch die Grimasse, die in der Arena zu einem starren Lächeln wurde, und den Leuten in den ersten Sitzreihen, die wußten, was los war, Angst machte. «Und das», sagte er laut. «Und das mir. Und das mir.»

Er konnte sich daran erinnern, als er in Form gewesen war, und das war erst drei Jahre her. Er konnte sich an das Gewicht der schweren, goldbrokatenen Kampfjacke auf seinen Schultern erinnern, an jenen heißen Mainachmittag, als seine Stimme in der Arena noch die gleiche gewesen war wie im Café, und wie er die Klinge mit gesenkter Spitze entlangvisiert hatte auf die staubbedeckte Stelle oben zwischen den Schultern in dem kurzhaarigen schwarzen Muskelhöcker über den ausladenden, ins Holz stoßenden, zerspellten Hörnern, die sich senkten, als er zum Töten hineinstieß, und wie der Degen so leicht wie in einen Klumpen harter Butter eindrang, und wie er mit der Handfläche den Degenknauf weiterstieß, den linken Arm tief abgewinkelt, die linke Schulter vor, das Gewicht auf dem linken Bein, und dann war sein Gewicht nicht auf seinem Bein. Sein Gewicht war auf seinem Unterleib, und als der Stier den Kopf hob, war das Horn in ihm nicht zu sehen, und er schwang zweimal auf dem Horn herum, bevor sie ihn herunterzerrten. Deshalb konnte er jetzt, wenn er zum Töten hineinging – und es war selten –, die Hörner nicht ansehen,

any whore know about what he went through before he fought? And what had they been through that laughed at him? They were all whores and they knew what they could do with it.

Down in the dining room the picador sat looking at the priests. If there were women in the room he stared at them. If there were no women he would stare with enjoyment at a foreigner, *un inglés,* but lacking women or strangers, he now stared with enjoyment and insolence at the two priests. While he stared the birth-marked auctioneer rose and folding his napkin went out, leaving over half the wine in the last bottle he had ordered. If his accounts had been paid up at the Luarca he would have finished the bottle.

The two priests did not stare back at the picador. One of them was saying, "It is ten days since I have been here waiting to see him and all day I sit in the ante-chamber and he will not receive me."

"What is there to do?"

"Nothing. What can one do? One cannot go against authority."

"I have been here for two weeks and nothing. I wait and they will not see me."

"We are from the abandoned country. When the money runs out we can return."

"To the abandoned country. What does Madrid care about Galicia? We are a poor province."

"One understands the action of our brother Basilio."

"Still I have no real confidence in the integrity of Basilio Alvarez."

"Madrid is where one learns to understand. Madrid kills Spain."

"If they would simply see one and refuse."

"No. You must be broken and worn out by waiting."

und was wußte so eine Hure schon, was er durchzumachen hatte, bevor er kämpfte? Und was hatten die schon durchgemacht, die über ihn lachten? Es waren alles Huren, und sie wußten, was sie damit rausschlagen konnten.

Unten im Speisezimmer saß der Picador und sah die Priester an. Wenn Frauen im Zimmer waren, starrte er die an. Wenn keine Frauen da waren, pflegte er mit Vergnügen einen Fremden, *un inglés*, anzustarren, aber in Ermangelung von Frauen oder Fremden starrte er mit Vergnügen und Unverfrorenheit die beiden Priester an. Während er hinstarrte, stand der Auktionator mit dem Muttermal auf, faltete seine Serviette zusammen, ging hinaus und ließ mehr als die Hälfte von dem Wein in der letzten Flasche, die er bestellt hatte. Wenn er seine Rechnungen in der *Luarca* bezahlt hätte, würde er die Flasche ausgetrunken haben.

Die beiden Priester erwiderten den Blick des Picadors nicht. Einer von ihnen sagte gerade: «Es ist zehn Tage her, seit ich hier bin und darauf warte, mit ihm zu sprechen, und den ganzen Tag über sitze ich im Vorzimmer, und er will mich nicht empfangen.»

«Was läßt sich da machen?»

«Nichts. Was kann man tun? Man kann nicht gegen die Obrigkeit an.»

«Jetzt bin ich zwei Wochen hier und – nichts. Ich warte, und man will mich nicht empfangen.»

«Wir sind aus dem verlorengegebenen Land. Wenn das Geld zu Ende ist, können wir nach Hause fahren.»

«In das verlorengegebene Land. Was kümmert sich Madrid um Galicia? Wir sind eine arme Provinz.»

«Man kann das Vorgehen von Bruder Basilio verstehen.»

«Trotzdem hab ich kein rechtes Vertrauen zu der Redlichkeit von Basilio Alvarez.»

«In Madrid lernt man es verstehen. Madrid tötet Spanien.»

«Wenn sie einen wenigstens empfangen und es einem abschlagen würden.»

«Nein, man soll vom Warten zermürbt und zerbrochen werden.»

"Well, we shall see. I can wait as well as another."

At this moment the picador got to his feet, walked over to the priests' table and stood, gray-headed and hawk-faced, staring at them and smiling.

"A torero," said one priest to the other.

"And a good one," said the picador and walked out of the dining room, gray-jacketed, trim-waisted, bow-legged, in tight breeches over his high-heeled cattleman's boots that clicked on the floor as he swaggered quite steadily, smiling to himself. He lived in a small, tight, professional world of personal efficiency, nightly alcoholic triumph, and insolence. Now he lit a cigar and tilting his hat at an angle in the hallway went out to the café.

The priests left immediately after the picador, hurriedly conscious of being the last people in the dining room, and there was no one in the room now but Paco and the middle-aged waiter. They cleared the tables and carried the bottles into the kitchen.

In the kitchen was the boy who washed the dishes. He was three years older than Paco and was very cynical and bitter.

"Take this," the middle-aged waiter said, and poured out a glass of the Valdepeñas and handed it to him.

"Why not?" the boy took the glass.

"Tu, Paco?" the older waiter asked.

"Thank you," said Paco. The three of them drank.

"I will be going," said the middle-aged waiter.

"Good night," they told him.

He went out and they were alone. Paco took a napkin one of the priests had used and standing straight, his heels planted, lowered the napkin and with head following the movement, swung his arms in the motion of a slow sweeping veronica. He turned
22 and advancing his right foot slightly, made the second
23 pass, gained a little terrain on the imaginary bull and

«Nun, wir werden sehen. Ich kann ebensogut warten wie ein anderer.»

In diesem Augenblick erhob sich der Picador, ging zum Tisch der Priester hinüber und stand grauhaarig mit seinem Habichtsgesicht da und starrte sie an und lächelte.

«Ein Torero», sagte der eine Priester zum anderen.

«Und ein guter», sagte der Picador und ging aus dem Speisezimmer in seiner grauen Jacke, schlanktaillig, krummbeinig, mit den engen Breeches über seinen hochhackigen Viehtreiberstiefeln, die auf dem Fußboden klapperten, wie er so ganz gelassen hinausstolzierte und vor sich hin lächelte. Er lebte in einer kleinen, engen Berufswelt von persönlicher Leistungsfähigkeit, nächtlichen Alkoholsiegen und Unverschämtheit. Nun steckte er sich eine Zigarre an, setzte sich im Gang draußen den Hut verwegen auf und ging ins Café.

Die Priester gingen eilig, gleich nach dem Picador, als sie plötzlich merkten, daß sie die letzten im Speisezimmer waren, und nun war niemand mehr im Zimmer außer Paco und dem ältlichen Kellner. Sie räumten die Tische ab und trugen die Flaschen in die Küche.

In der Küche war der Junge, der das Geschirr wusch. Er war drei Jahre älter als Paco und war sehr zynisch und verbittert.

«Hier, nimm», sagte der ältere Kellner und goß ein Glas Valdepeñas ein und reichte es ihm.

«Warum nicht?» Der Junge nahm das Glas.

«*Tu Paco?*» fragte der ältliche Kellner.

«Ja, danke», sagte Paco. Alle drei tranken.

«Ich gehe jetzt», sagte der ältliche Kellner.

«Gute Nacht», sagten sie zu ihm.

Er ging hinaus, und sie waren allein. Paco nahm eine Serviette, die einer der Priester benutzt hatte; er stellte sich gerade hin, mit den Absätzen fest am Boden, senkte die Serviette, folgte der Bewegung mit dem Kopf und schwenkte die Arme wie für eine langsam vorbeifegende *veronica*. Er wandte sich um, setzte den rechten Fuß ein wenig vor, machte den zweiten Ausfall, gewann dem Stier seiner Phantasie ein wenig Boden ab und machte einen dritten Ausfall, langsam,

made a third pass, slow, perfectly timed and suave, then gathered the napkin to his waist and swung his hips away from the bull in a media-veronica.

The dishwasher, whose name was Enrique, watched him critically and sneeringly.

"How is the bull?" he said.

"Very brave," said Paco. "Look."

Standing slim and straight he made four more perfect passes, smooth, elegant and graceful.

"And the bull?" asked Enrique standing against the sink, holding his wine glass and wearing his apron.

"Still has lots of gas," said Paco.

"You make me sick," said Enrique.

"Why?"

"Look."

Enrique removed his apron and citing the imaginary bull he sculptured four perfect, languid gypsy veronicas and ended up with a rebolera that made the apron swing in a stiff arc past the bull's nose as he walked away from him.

"Look at that," he said. "And I wash dishes."

"Why?"

"Fear," said Enrique. "*Miedo*. The same fear you would have in a ring with a bull."

"No," said Paco. "I wouldn't be afraid."

"*Leche!*" said Enrique. "Every one is afraid. But a torero can control his fear so that he can work the bull. I went in an amateur fight and I was so afraid I couldn't keep from running. Every one thought it was very funny. So would you be afraid. If it wasn't for fear every bootblack in Spain would be a bullfighter. You, a country boy, would be frightened worse than I was."

"No," said Paco.

He had done it too many times in his imagination. Too many times he had seen the horns, seen the bull's wet muzzle, the ear twitching, then the head go down

tadellos abgepaßt und anmutig, dann raffte er die Serviette zusammen und drehte sich in den Hüften in einer *media-veronica* vom Stier fort.

Der Geschirrwäscher, der Enrique hieß, beobachtete ihn kritisch und höhnisch.

«Wie ist der Stier?» sagte er.

«Sehr tapfer», sagte Paco. «Sieh mal.»

Er stand schlank und aufrecht da und machte noch vier tadellose Ausfälle, geschmeidig, elegant und graziös.

«Und der Stier?» fragte Enrique, der in seiner Schürze gegen den Ausguß lehnte und sein Weinglas hielt.

«Hat noch allerlei Reserven», sagte Paco.

«Du machst mich kotzen», sagte Enrique.

«Wieso?»

«Sieh mal.»

Enrique nahm die Schürze ab und forderte den Stier seiner Phantasie heraus, meißelte vier vollkommene, zigeunerhaft schmachtende *veronicas* und endete mit einer *revolera*, bei der die Schürze in einem steifen Bogen an der Nase des Stiers vorbeischwang, als er sich von ihm löste.

«Sieh dir das an», sagte er. «Und ich spül Geschirr.»

«Warum?»

«Angst», sagte Enrique. «*Miedo*. Dieselbe Angst, die du in einer Arena vor dem Stier hättest.»

«Nein», sagte Paco. «Ich hätte keine Angst.»

«*Leche!*» sagte Enrique. «Jeder hat Angst. Aber ein Torero kann seine Angst beherrschen, so daß er den Stier bearbeiten kann. Ich hab mal bei einem Amateurkampf mitgemacht, und ich hatte solche Angst, daß ich nichts wie gerannt bin. Alle fanden das sehr komisch. Solche Angst hättest du auch. Wenn es keine Angst gäbe, wäre jeder Schuhputzer in Spanien Stierkämpfer. Du, ein Junge vom Land, würdest dich noch mehr fürchten als ich.»

«Nein», sagte Paco.

Er hatte es zu oft in seiner Phantasie gemacht. Zu oft hatte er die Hörner gesehen, das feuchte Maul des Stiers gesehen, das Ohr zucken und dann den Kopf sich senken und den Angriff,

and the charge, the hoofs thudding and the hot bull pass him as he swung the cape, to re-charge as he swung the cape again, then again, and again, and again, to end winding the bull around him in his great media-veronica, and walk swingingly away, with bull hairs caught in the gold ornaments of his jacket from the close passes; the bull standing hypnotized and the crowd applauding. No, he would not be afraid. Others, yes. Not he. He knew he would not be afraid. Even if he ever was afraid he knew that he could do it anyway. He had confidence. "I wouldn't be afraid," he said.

Enrique said, "*Leche,*" again.

Then he said, "If we should try it?"

"How?"

"Look," said Enrique. "You think of the bull but you do not think of the horns. The bull has such force that the horns rip like a knife, they stab like a bayonet, and they kill like a club. Look," he opened a table drawer and took out two meat knives. "I will bind these to the legs of a chair. Then I will play bull for you with the chair held before my head. The knives are the horns. If you make those passes then they mean something."

"Lend me your apron," said Paco. "We'll do it in the dining room."

"No," said Enrique, suddenly not bitter. "Don't do it, Paco."

"Yes," said Paco. "I'm not afraid."

"You will be when you see the knives come."

"We'll see," said Paco. "Give me the apron."

At this time, while Enrique was binding the two heavy-bladed razor-sharp meat knives fast to the legs of the chair with two soiled napkins holding the half of each knife, wrapping them tight and then knotting them, the two chambermaids, Paco's sisters, were on their way to the cinema to see Greta Garbo in "Anna

die Hufe stampfen, und der hitzige Stier raste an ihm vorbei, während er die *capa* schwang, während er wieder die *capa* schwang, dann wieder und wieder, um zum Schluß mit seiner großen *media-veronica* den Stier um sich herumzuschrauben und schwingend davonzugehen, hängengebliebene Stierhaare in der Goldstickerei seiner Jacke von den nahen Ausfällen, und der Stier würde hypnotisiert dastehen und die Menge Beifall jubeln. Nein, er würde keine Angst haben. Andere ja. Er nicht. Er wußte, er würde keine Angst haben. Selbst wenn er's je mit der Angst bekam, er wußte, daß er es auf jeden Fall schaffen konnte. Er traute sich's zu. «Ich hätte keine Angst», sagte er.

«*Leche*», sagte Enrique wieder. Dann sagte er: «Und wenn wir's versuchen?»

«Wie?»

«Sieh mal», sagte Enrique. «Du denkst an den Stier, aber du denkst nicht an die Hörner. Der Stier hat solche Kraft, daß die Hörner wie ein Messer schlitzen; sie stechen wie ein Bajonett, und sie töten wie eine Keule. Sieh mal!» Er zog eine Schublade auf und nahm zwei Tranchiermesser heraus. «Ich werde die an die Beine von einem Stuhl binden. Dann werde ich für dich den Stier spielen, indem ich mir den Stuhl vor den Kopf halte. Die Messer sind die Hörner. Wenn du dann Ausfälle machst, dann bedeuten sie was.»

«Borg mir deine Schürze», sagte Paco. «Wir wollen es im Speisezimmer machen.»

«Nein», sagte Enrique plötzlich gar nicht bitter. «Tu's nicht, Paco!»

«Doch», sagte Paco. «Ich habe keine Angst.»

«Du wirst sie schon noch kriegen, wenn du die Messer kommen siehst.»

«Wir werden ja sehen», meinte Paco. «Gib mir die Schürze.»

Zur selben Zeit, als Enrique die zwei großschneidigen, rasierklingenscharfen Tranchiermesser mit zwei schmuddeligen Servietten zur Hälfte stramm umwickelte und an den Stuhlbeinen festband und einen Knoten machte, waren die beiden Zimmermädchen, Pacos Schwestern, auf dem Weg ins

Christie." Of the two priests, one was sitting in his underwear reading his breviary and the other was wearing a nightshirt and saying the rosary. All the bullfighters except the one who was ill had made their evening appearance at the Café Fornos, where the big, dark-haired picador was playing billiards, the short, serious matador was sitting at a crowded table before a coffee and milk, along with the middle-aged banderillero and other serious workmen.

The drinking, gray-headed picador was sitting with a glass of cazalas brandy before him staring with pleasure at a table where the matador whose courage was gone sat with another matador who had renounced the sword to become a banderillero again, and two very houseworn-looking prostitutes.

The auctioneer stood on the street corner talking with friends. The tall waiter was at the Anarcho-Syndicalist meeting waiting for an opportunity to speak. The middle-aged waiter was seated on the terrace of the Café Alvarez drinking a small beer. The woman who owned the Luarca was already asleep in her bed, where she lay on her back with the bolster between her legs; big, fat, honest, clean, easy-going, very religious and never having ceased to miss or pray daily for her husband, dead, now twenty years. In his room, alone, the matador who was ill lay face down on his bed with his mouth against a handkerchief.

Now, in the deserted dining room, Enrique tied the last knot in the napkins that bound the knives to the chair legs and lifted the chair. He pointed the legs with the knives on them forward and held the chair over his head with the two knives pointing straight ahead, one on each side of his head.

"It's heavy," he said. "Look, Paco. It is very dangerous. Don't do it." He was sweating.

Paco stood facing him, holding the apron spread,

Kino, um Greta Garbo in *Anna Christie* zu sehen. Einer der beiden Priester saß in seinem Unterzeug da und las sein Brevier, und der andere hatte sein Nachthemd an und betete den Rosenkranz. Alle Stierkämpfer waren bis auf den einen, der krank war, wie allabendlich im Café *Fornos* erschienen, wo der große, dunkelhaarige Picador Billard spielte und der kleine, seriöse Matador mit dem älteren Banderillo und anderen seriösen Handwerkern an einem vollbesetzen Tisch vor seinem Milchkaffee saß.

Der dem Trunk ergebene, grauköpfige Picador saß vor einem Glas Casalas-Brandy und starrte mit Vergnügen zu einem Tisch hinüber, an dem der Matador, dem der Mut vergangen war, mit zwei sehr abgetakelt aussehenden Prostituierten und mit einem anderen Matador saß, der dem Degen entsagt hatte, um wieder Banderillo zu werden.

Der Auktionator stand an der Straßenecke und unterhielt sich mit Freunden. Der große Kellner war bei der Versammlung der Anarcho-Syndikalisten und wartete auf eine Gelegenheit, zu sprechen. Der ältliche Kellner saß auf der Terrasse des Café *Alvarez* und trank ein kleines Bier.

Die Frau, der die *Luarca* gehörte, schlief bereits in ihrem Bett auf dem Rücken mit einem Polster zwischen den Beinen; dick, fett, ehrbar, sauber, gemütlich und sehr fromm, und niemals hatte sie aufgehört, täglich ihren nun schon zwanzig Jahre toten Mann zu vermissen und für ihn zu beten. In seinem Zimmer lag der Matador, der krank war, allein auf dem Bett mit dem Gesicht nach unten, ein Taschentuch vor dem Mund.

Jetzt zog Enrique in dem verlassenen Speisezimmer den letzten Knoten in den Servietten fest, die die Messer an die Stuhlbeine banden, und hob den Stuhl hoch. Er richtete die Beine mit den Messern vorwärts und hielt den Stuhl über seinen Kopf mit den beiden Messern direkt geradeaus weisend, eines zu jeder Seite des Kopfes.

«Es ist schwer», sagte er. «Sieh mal, Paco. Es ist sehr gefährlich. Tu's nicht.» Er schwitzte.

Paco stand ihm gegenüber, hielt die Schürze ausgebreitet,

holding a fold of it bunched in each hand, thumbs up, first finger down, spread to catch the eye of the bull.

"Charge straight," he said. "Turn like a bull. Charge as many times as you want."

"How will you know when to cut the pass?" asked Enrique. "It's better to do three and then a media."

"All right," said Paco. "But come straight. Huh, torito! Come on, little bull!"

Running with head down Enrique came toward him and Paco swung the apron just ahead of the knife blade as it passed close in front of his belly and as it went by it was, to him, the real horn, white-tipped, black, smooth, and as Enrique passed him and turned to rush again it was the hot, blood-flanked mass of the bull that thudded by, then turned like a cat and came again as he swung the cape slowly. Then the bull turned and came again and, as he watched the onrushing point, he stepped his left foot two inches too far forward and the knife did not pass, but had slipped in as easily as into a wineskin and there was a hot scalding rush above and around the sudden inner rigidity of steel and Enrique shouting. "Ay! Ay! Let me get it out! Let me get it out!" and Paco slipped forward on the chair, the apron cape still held, Enrique pulling on the chair as the knife turned in him, in him, Paco.

The knife was out now and he sat on the floor in the widening warm pool.

"Put the napkin over it. Hold it!" said Enrique. "Hold it tight. I will run for the doctor. You must hold in the hemorrhage."

"There should be a rubber cup," said Paco. He had seen that used in the ring.

30 "I came straight," said Enrique, crying. "All
31 I wanted was to show the danger."

hielt in jeder Hand eine Falte gerafft, Daumen nach oben, Zeigefinger nach unten, hielt sie ausgebreitet, um den Blick des Stiers auf sich zu ziehen.

«Greif geradezu an», sagte er. «Mach kehrt wie ein Stier. Greif so oft an, wie du willst.»

«Woran willst du merken, wenn der Ausfall geschnitten werden muß?» fragte Enrique. «Es ist besser, du machst drei und dann eine *media*.»

«Schön», sagte Paco. «Aber komm geradezu. Hu, Torito! Los, komm, kleiner Stier!»

Mit gesenktem Kopf rannte Enrique auf ihn los, und Paco schwenkte die Schürze genau vor der Messerklinge, als sie dicht an seinem Bauch vorbeikam, und wie sie so vorbeikam, war sie für ihn das wirkliche Horn, weiß-spitzig, schwarz, glatt, und als Enrique an ihm vorbeikam und kehrtmachte, um von neuem auf ihn loszurasen, war es die heiße, blutflankige Masse des Stiers, der vorbeistampfte, dann wie eine Katze kehrtmachte und von neuem kam, als er die *capa* langsam schwang. Dann drehte der Stier und kam von neuem, und während er die anrasende Spitze beobachtete, setzte er seinen linken Fuß fünf Zentimeter zu weit vor, und das Messer ging nicht vorbei, sondern war so leicht wie in einen Weinschlauch eingedrungen, und es flutete siedend heiß über und um die plötzliche innere Starre von Stahl, und Enrique schrie: «Ay! Ay! Laß es mich rausziehen! Laß es mich rausziehen!» Und Paco glitt vorwärts über den Stuhl, hielt die Schürzen-*capa* noch fest, während Enrique am Stuhl zerrte und sich das Messer in ihm umdrehte, in ihm, in Paco.

Das Messer war jetzt raus, und er saß am Boden, in der immer größer werdenden, warmen Lache.

«Halt die Serviette drauf! Halt sie fest!» sagte Enrique. «Halt sie fest drauf. Ich lauf und hol den Doktor. Du mußt die Blutung anhalten.»

«Man müßte einen Gummibecher haben», sagte Paco. Er hatte gesehen, wie man einen in der Arena benutzt hatte.

«Ich bin ganz gerade auf dich zugekommen», sagte Enrique weinend. «Ich wollte dir ja nur die Gefahr zeigen.»

"Don't worry," said Paco, his voice sounding far away. "But bring the doctor."

In the ring they lifted you and carried you, running with you, to the operating room. If the femoral artery emptied itself before you reached there they called the priest.

"Advise one of the priests," said Paco, holding the napkin tight against his lower abdomen. He could not believe that this had happened to him.

But Enrique was running down the Carrera San Jeromino to the all-night first-aid station and Paco was alone, first sitting up, then huddled over, then slumped on the floor, until it was over, feeling his life go out of him as dirty water empties from a bathtub when the plug is drawn. He was frightened and he felt faint and he tried to say an act of contrition and he remembered how it started but before he had said, as fast as he could, "Oh, my God, I am heartily sorry for having offended Thee who art worthy of all my love and I firmly resolve ...," he felt too faint and he was lying face down on the floor and it was over very quickly. A severed femoral artery empties itself faster than you can believe.

As the doctor from the first-aid station came up the stairs accompanied by a policeman who held on to Enrique by the arm, the two sisters of Paco were still in the moving-picture palace of the Gran Via, where they were intensely disappointed in the Garbo film, which showed the great star in miserable low surroundings when they had been accustomed to see her surrounded by great luxury and brilliance. The audience disliked the film thoroughly and were protesting by whistling and stamping their feet. All the other people from the hotel were doing almost what they had been doing when the accident happened, except that the two priests had finished their devotions and were preparing for sleep, and the

«Mach dir keine Gedanken», sagte Paco; seine Stimme klang wie von weit her. «Aber hol den Doktor.»

In der Arena hoben sie einen auf und trugen einen weg und rannten mit einem zum Operationszimmer. Wenn die Schenkelarterie ausblutete, bevor man dort ankam, wurde der Priester gerufen.

«Sag einem der Priester Bescheid», sagte Paco und hielt die Serviette fest gegen den Unterleib. Er konnte nicht fassen, daß ihm dies passiert war.

Und Enrique rannte die Carrera San Jerómino hinunter zur Unfallstation, die die ganze Nacht über offen war, und Paco war allein, saß zuerst aufrecht, dann sackte er vornüber, dann sank er auf dem Boden zusammen, bis es vorbei war, und er fühlte, wie das Leben aus ihm entwich, wie schmutziges Wasser aus einer Badewanne ausläuft, wenn der Stöpsel herausgezogen ist. Er hatte Angst, und er fühlte sich schwach, und er versuchte ein Reuegebet herzusagen, und er erinnerte sich, wie es anfing, aber ehe er, so schnell er konnte, gesagt hatte: «O mein Gott, herzlich leid tut es mir, daß ich Dich gekränkt habe, Dich, der Du all meiner Liebe wert bist, und ich bin fest entschlossen ...» fühlte er sich zu schwach, und er lag mit dem Gesicht auf dem Boden, und es war ganz rasch vorbei. Eine durchschnittene Schenkelarterie blutet schneller aus, als man sich vorstellen kann.

Als der Arzt von der Unfallstation, begleitet von einem Polizisten, der Enrique am Arm festhielt, die Treppe heraufkam, waren Pacos Schwestern noch im Kinopalast in der Gran Vía und waren tief enttäuscht von dem Garbo-Film, der den großen Star in jammervoll armseliger Umgebung zeigte, während sie doch gewohnt waren, sie von großem Luxus und Glanz umgeben zu sehen.

Dem Publikum mißfiel der Film gründlich, und man protestierte mit Pfeifen und Trampeln dagegen. Alle anderen Leute aus dem Hotel taten fast noch dasselbe, was sie getan hatten, als sich der Unglücksfall zutrug, bis auf die beiden Priester, die ihre Andacht verrichtet hatten und sich zum Schlafen anschickten, und den grauhaarigen

gray-haired picador had moved his drink over to the table with the two houseworn prostitutes. A little later he went out of the café with one of them. It was the one for whom the matador who had lost his nerve had been buying drinks.

The boy Paco had never known about any of this nor about what all these people would be doing on the next day and on other days to come. He had no idea how they really lived nor how they ended. He did not even realize they ended.

He died, as the Spanish phrase has it, full of illusions. He had not had time in his life to lose any of them, nor even, at the end, to complete an act of contrition.

He had not even had time to be disappointed in the Garbo picture which disappointed all Madrid for a week.

Old Man at the Bridge

An old man with steel rimmed spectacles and very dusty clothes sat by the side of the road. There was a pontoon bridge across the river and carts, trucks, and men, women and children were crossing it. The mule-drawn carts staggered up the steep bank from the bridge with soldiers helping push against the spokes of the wheels. The trucks ground up and away heading out of it all and the peasants plodded along in the ankle deep dust. But the old man sat there without moving. He was too tired to go any farther.

It was my business to cross the bridge, explore the bridgehead beyond and find out to what point the enemy had advanced. I did this and returned over the bridge. There were not so many carts now and very few people on foot, but the old man was still there.

Picador, der sein Glas an den Tisch der beiden abgetakelten Prostituierten hinübergenommen hatte. Ein bißchen später verließ er mit einer von ihnen das Café; es war die, für die der Matador, der die Courage verloren hatte, die Getränke bezahlt hatte.

Paco, der Junge, hatte nie etwas von alldem gewußt, auch nichts von dem, was all diese Leute am nächsten und an allen kommenden Tagen tun würden. Er hatte keine Vorstellung, weder wie sie wirklich lebten, noch wie sie enden würden. Es war ihm noch nicht einmal bewußt geworden, daß sie enden würden. Er starb, wie die spanische Redewendung lautet, voller Illusionen. Er hatte in seinem Leben keine Zeit gehabt, um auch nur eine von ihnen zu verlieren, noch um am Schluß ein Reuebekenntnis zu beenden.

Er hatte nicht einmal Zeit gehabt, um über den Garbo-Film enttäuscht zu sein, der eine Woche lang ganz Madrid enttäuschte.

Alter Mann an der Brücke

Ein alter Mann mit einer stahlgeränderten Brille und sehr staubigen Kleidern saß am Straßenrand. Über den Fluß führte eine Pontonbrücke, Karren, Lastautos, Männer, Frauen und Kinder überquerten sie. Die von Maultieren gezogenen Karren schwankten die steile Uferböschung hinter der Brücke hinauf, Soldaten halfen und stemmten sich in die Speichen der Räder. Die Lastautos arbeiteten schwer, um aus alldem herauszukommen, und die Bauern stapften in dem knöcheltiefen Staub einher. Aber der alte Mann saß da, ohne sich zu bewegen. Er war zu müde, um noch weiter zu gehen.

Ich hatte den Auftrag, die Brücke zu überqueren, den Brückenkopf auf der anderen Seite auszukundschaften und ausfindig zu machen, bis zu welchem Punkt der Feind vorgedrungen war. Ich tat das und kehrte über die Brücke zurück. Jetzt waren dort nicht mehr so viele Karren und nur noch wenige Leute zu Fuß, aber der alte Mann war immer noch da.

"Where do you come from?" I asked him.

"From San Carlos," he said, and smiled.

That was his native town and so it gave him pleasure to mention it and he smiled.

"I was taking care of animals," he explained.

"Oh," I said, not quite understanding.

"Yes," he said, "I stayed, you see, taking care of animals. I was the last one to leave the town of San Carlos."

He did not look like a shepherd nor a herdsman and I looked at his black dusty clothes and his gray dusty face and his steel rimmed spectacles and said, "What animals were they?"

"Various animals," he said, and shook his head. "I had to leave them."

I was watching the bridge and the African looking country of the Ebro Delta and wondering how long now it would be before we would see the enemy, and listening all the while for the first noises that would signal that ever mysterious event called contact, and the old man still sat there.

"What animals were they?" I asked.

"There were three animals altogether," he explained. "There were two goats and a cat and then there were four pairs of pigeons."

"And you had to leave them?" I asked.

"Yes. Because of the artillery. The captain told me to go because of the artillery."

"And you have no family?" I asked, watching the far end of the bridge where a few last carts were hurrying down the slope of the bank.

"No," he said, "only the animals I stated. The cat, of course, will be all right. A cat can look out for itself, but I cannot think what will become of the others."

36 "What politics have you?" I asked.

37 "I am without politics," he said. "I am seventy-six

«Wo kommen Sie her?» fragte ich ihn.

«Aus San Carlos», sagte er und lächelte.

Es war sein Heimatort, und darum machte es ihm Freude, ihn zu erwähnen, und er lächelte.

«Ich habe Tiere gehütet», erklärte er.

«So», sagte ich und verstand nicht ganz.

«Ja», sagte er, «wissen Sie, ich bin geblieben, um die Tiere zu hüten. Ich war der letzte, der die Stadt San Carlos verlassen hat.»

Er sah weder wie ein Schäfer noch wie ein Rinderhirt aus, und ich musterte seine staubigen schwarzen Sachen und sein graues, staubiges Gesicht und seine stahlgeränderte Brille und sagte: «Was für Tiere waren es denn?»

«Allerhand Tiere», erklärte er und schüttelte den Kopf. «Ich mußte sie dalassen.»

Ich beobachtete die Brücke und das afrikanisch aussehende Land des Ebro-Deltas und war neugierig, wie lange es jetzt wohl noch dauern würde, bevor wir den Feind sehen würden, und ich horchte die ganze Zeit über auf die ersten Geräusche, die immer wieder das geheimnisvolle Ereignis ankündigen, das man ‹Fühlung nehmen› nennt, und der alte Mann saß immer noch da.

«Was für Tiere waren es?» fragte ich.

«Es waren im ganzen drei Tiere», erklärte er. «Es waren zwei Ziegen und eine Katze und dann noch vier Paar Tauben.»

«Und Sie mußten sie dalassen?» fragte ich.

«Ja, wegen der Artillerie. Der Hauptmann befahl mir fortzugehen, wegen der Artillerie.»

«Und Sie haben keine Familie?» fragte ich und beobachtete das jenseitige Ende der Brücke, wo ein paar letzte Karren die Uferböschung herunterjagten.

«Nein», sagte er, «nur die Tiere, die ich angegeben habe. Der Katze wird natürlich nichts passieren. Eine Katze kann für sich selbst sorgen, aber ich kann mir nicht vorstellen, was aus den andern werden soll.»

«Wo stehen Sie politisch?» fragte ich.

«Ich bin nicht politisch», sagte er. «Ich bin 76 Jahre alt. Ich

years old. I have come twelve kilometers now and I think now I can go no further."

"This is not a good place to stop," I said. "If you can make it, there are trucks up the road where it forks for Tortosa."

"I will wait a while," he said, "and then I will go. Where do the trucks go?"

"Towards Barcelona," I told him.

"I know no one in that direction," he said, "but thank you very much. Thank you again very much."

He looked at me very blankly and tiredly, then said, having to share his worry with some one, "The cat will be all right, I am sure. There is no need to be unquiet about the cat. But the others. Now what do you think about the others?"

"Why they'll probably come through it all right."

"You think so?"

"Why not," I said, watching the far bank where now there were no carts.

"But what will they do under the artillery when I was told to leave because of the artillery?"

"Did you leave the dove cage unlocked?" I asked.

"Yes."

"Then they'll fly."

"Yes, certainly they'll fly. But the others. It's better not to think about the others," he said.

"If you are rested I would go," I urged. "Get up and try to walk now."

"Thank you," he said and got to his feet, swayed from side to side and then sat down backwards in the dust.

"I was taking care of animals," he said dully, but no longer to me. "I was only taking care of animals."

38 There was nothing to do about him. It was Easter
39 Sunday and the Fascists were advancing toward the

bin jetzt zwölf Kilometer gegangen, und ich glaube, daß ich jetzt nicht weiter gehen kann.»

«Dies ist kein guter Platz zum Bleiben», sagte ich. «Falls Sie es schaffen könnten, dort oben, wo die Straße nach Tortosa abzweigt, sind Lastwagen.»

«Ich will ein bißchen warten», sagte er, «und dann werde ich gehen. Wo fahren die Lastwagen hin?»

«Richtung Barcelona», sagte ich ihm.

«Ich kenne niemand in der Richtung», sagte er, «aber danke sehr. Nochmals sehr schönen Dank.»

Er blickte mich ganz ausdruckslos und müde an, dann sagte er, da er seine Sorgen mit jemandem teilen mußte: «Der Katze wird nichts passieren, das weiß ich; man braucht sich wegen der Katze keine Gedanken zu machen. Aber die andern; was glauben Sie wohl von den andern?»

«Ach, wahrscheinlich werden sie heil durch alles durchkommen.»

«Glauben Sie das?»

«Warum nicht?» sagte ich und beobachtete das jenseitige Ufer, wo jetzt keine Karren mehr waren.

«Aber was werden sie unter der Artillerie tun, wo man mich wegen der Artillerie fortgeschickt hat?»

«Haben Sie den Taubenkäfig unverschlossen gelassen?» fragte ich.

«Ja.»

«Dann werden sie wegfliegen.»

«Ja, gewiß werden sie wegfliegen. Aber die andern? Es ist besser, man denkt nicht an die andern», sagte er.

«Wenn Sie sich ausgeruht haben, würde ich gehen», drängte ich. «Stehen Sie auf, und versuchen Sie jetzt einmal zu gehen.»

«Danke», sagte er und stand auf, schwankte hin und her und setzte sich dann rücklings in den Staub.

«Ich habe Tiere gehütet», sagte er eintönig, aber nicht mehr zu mir. «Ich habe doch nur Tiere gehütet.»

Man konnte nichts mit ihm machen. Es war Ostersonntag, und die Faschisten rückten gegen den Ebro vor. Es war ein

Ebro. It was a gray overcast day with a low ceiling so their planes were not up. That and the fact that cats know how to look after themselves was all the good luck that old man would ever have.

Indian Camp

At the lake shore there was another rowboat drawn up. The two Indians stood waiting.

Nick and his father got in the stern of the boat and the Indians shoved it off and one of them got in to row. Uncle George sat in the stern of the camp rowboat. The young Indian shoved the camp boat off and got in to row Uncle George.

The two boats started off in the dark. Nick heard the oarlocks of the other boat quite a way ahead of them in the mist. The Indians rowed with quick choppy strokes. Nick lay back with his father's arm around him. It was cold on the water. The Indian who was rowing them was working very hard, but the other boat moved further ahead in the mist all the time.

"Where are we going, Dad?" Nick asked.

"Over to the Indian camp. There is an Indian lady very sick."

"Oh," said Nick.

Across the bay they found the other boat beached. Uncle George was smoking a cigar in the dark. The young Indian pulled the boat way up on the beach. Uncle George gave both the Indians cigars.

They walked up from the beach through a meadow that was soaking wet with dew, following the young Indian who carried a lantern. Then they went into the woods and followed a trail that led to the logging road that ran back into the hills. It was much lighter on the logging road as the timber was cut away on both sides.

grauer, bedeckter Tag mit tiefhängenden Wolken, darum waren ihre Flugzeuge nicht am Himmel. Das und die Tatsache, daß Katzen für sich selbst sorgen können, war alles an Glück, was der alte Mann je haben würde.

Indianerlager

Am Seeufer war noch ein Ruderboot heraufgezogen. Die beiden Indianer standen wartend da.

Nick und sein Vater setzten sich hinten ins Boot; die Indianer stießen es ab, und einer stieg ein, um zu rudern. Onkel George saß im Heck des Lagerruderbootes. Der junge Indianer stieß das Lagerboot ab und stieg ein, um Onkel George zu rudern.

Die beiden Boote brachen in der Dunkelheit auf. Nick hörte das Geräusch von den Ruderdollen des anderen Bootes ein ganzes Stück entfernt vor sich im Nebel. Die Indianer ruderten mit schnellen, abgehackten Schlägen.

Nick legte sich zurück in den Arm seines Vaters. Auf dem Wasser war es kalt. Der Indianer, der sie ruderte, arbeitete angestrengt, aber das andere Boot entfernte sich immer weiter im Nebel.

«Wo fahren wir hin, Dad?» fragte Nick.

«Rüber ins Indianerlager. Eine Indianerin dort ist sehr krank.»

«Oh!» sagte Nick.

Jenseits der Bucht fanden sie das andere Boot schon festgemacht. Onkel George rauchte im Dunkeln eine Zigarre. Der junge Indianer zog das Boot ein Stück den Strand hinauf. Onkel George gab beiden Indianern Zigarren.

Sie gingen vom Strand hinauf durch eine taufrische Wiese und folgten dem jungen Indianer, der eine Laterne trug. Dann kamen sie in den Wald und folgten einer Spur, die auf den Holzfällerweg führte, der in den Hügeln verlief. Auf dem Holzfällerweg war es viel heller, weil die Bäume zu beiden Seiten gefällt waren. Der junge Indianer blieb stehen und

The young Indian stopped and blew out his lantern and they all walked on along the road.

They came around a bend and a dog came out barking. Ahead were the lights of the shanties where the Indian barkpeelers lived. More dogs rushed out at them. The two Indians sent them back to the shanties. In the shanty nearest the road there was a light in the window. An old woman stood in the doorway holding a lamp.

Inside on a wooden bunk lay a young Indian woman. She had been trying to have her baby for two days. All the old women in the camp had been helping her. The men had moved off up the road to sit in the dark and smoke out of range of the noise she made. She screamed just as Nick and the two Indians followed his father and Uncle George into the shanty. She lay in the lower bunk, very big under a quilt. Her head was turned to one side. In the upper bunk was her husband. He had cut his foot very badly with an ax three days before. He was smoking a pipe. The room smelled very bad.

Nick's father ordered some water to be put on the stove, and while it was heating he spoke to Nick.

"This lady is going to have a baby, Nick," he said.

"I know," said Nick.

"You don't know," said his father. "Listen to me. What she is going through is called being in labor. The baby wants to be born and she wants it to be born. All her muscles are trying to get the baby born. That is what is happening when she screams."

"I see," Nick said.

Just then the woman cried out.

"Oh, Daddy, can't you give her something to make her stop screaming?" asked Nick.

"No. I haven't any anæsthetic," his father said. "But her screams are not important. I don't hear them because they are not important."

blies seine Laterne aus, und sie gingen alle weiter den Weg entlang.

Sie bogen um eine Wegkrümmung, und ein Hund kam kläffend auf sie los. Vor ihnen waren die Lichter der Blockhütten, in denen die indianischen Borkenschäler lebten. Noch mehr Hunde stürzten auf sie los. Die beiden Indianer jagten sie zu den Blockhütten zurück. In der Blockhütte, die dem Weg am nächsten lag, war ein Licht im Fenster. Eine alte Frau stand auf der Türschwelle und hielt eine Lampe.

Drinnen auf einer hölzernen Pritsche lag eine junge Indianerin. Seit zwei Tagen versuchte sie ihr Kind zu bekommen. Alle alten Frauen aus dem Lager hatten ihr geholfen. Die Männer hatten sich auf der Straße außer Hörweite gebracht und saßen rauchend im Dunkeln.

Sie schrie gerade, als Nick und die beiden Indianer hinter seinem Vater und Onkel George die Blockhütte betraten. Sie lag sehr dick unter ihrem Federbett in der unteren Bettkoje. Ihr Kopf war zur Seite gedreht. In der oberen Bettkoje lag ihr Mann. Er hatte sich vor drei Tagen mit der Axt böse in den Fuß gehackt. Er rauchte eine Pfeife. Die Stube roch sehr schlecht.

Nicks Vater ließ Wasser auf den Herd stellen und sprach, während es heiß wurde, mit Nick.

«Nick», sagte er, «die Frau da bekommt ein Kind.»

«Ich weiß», sagte Nick.

«Du weißt nichts», sagte sein Vater. «Hör zu. Was sie jetzt durchmacht, nennt man Wehen. Das Kind will geboren werden, und sie will, daß es geboren wird. Alle ihre Muskeln arbeiten, um das Kind zu gebären. Das geschieht, wenn sie schreit.»

«Ach so», sagte Nick.

Gerade in dem Augenblick schrie die Frau auf.

«O Daddy, kannst du ihr nicht irgendwas geben, damit sie aufhört zu schreien?» fragte Nick.

«Nein», sagte sein Vater, «ich habe kein Betäubungsmittel. Aber ihr Schreien ist unwichtig. Ich höre es gar nicht, weil es unwichtig ist.»

The husband in the upper bunk rolled over against the wall.

The woman in the kitchen motioned to the doctor that the water was hot. Nick's father went into the kitchen and poured about half of the water out of the big kettle into a basin. Into the water left in the kettle he put several things he unwrapped from a handkerchief.

"Those must boil," he said, and began to scrub his hands in the basin of hot water with a cake of soap he had brought from the camp. Nick watched his father's hands scrubbing each other with the soap. While his father washed his hands very carefully and thoroughly, he talked.

"You see, Nick, babies are supposed to be born head first but sometimes they're not. When they're not they make a lot of trouble for everybody. Maybe I'll have to operate on this lady. We'll know in a little while."

When he was satisfied with his hands he went in and went to work.

"Pull back that quilt, will you, George?" he said. "I'd rather not touch it."

Later when he started to operate Uncle George and three Indian men held the woman still. She bit Uncle George on the arm and Uncle George said, "Damn squaw bitch!" and the young Indian who had rowed Uncle George over laughed at him. Nick held the basin for his father. It all took a long time.

His father picked the baby up and slapped it to make it breathe and handed it to the old woman.

"See, it's a boy, Nick," he said. "How do you like being an interne?"

Nick said, "All right." He was looking away so as not to see what his father was doing.

"There. That gets it," said his father and put something into the basin.

Der Ehemann in der oberen Koje wälzte sich hinüber zur Wand.

Die Frau in der Küche bedeutete dem Doktor, daß das Wasser heiß sei. Nicks Vater ging in die Küche und goß ungefähr die Hälfte des Wassers aus dem großen Kessel in eine Schüssel. In das zurückgebliebene Wasser im Kessel legte er verschiedene Sachen, die er aus einem Taschentuch auswikkelte.

«Die müssen kochen», sagte er und begann sich die Hände mit einem Stück Seife, das er aus dem Lager mitgebracht hatte, in der Schüssel mit heißem Wasser abzuschrubben. Nick beobachtete die Hände seines Vaters, die einander mit Seife abschrubbten. Während sich sein Vater sehr sorgfältig und gründlich die Hände wusch, redete er.

«Siehst du, Nick, eigentlich sollen Kinder mit dem Kopf zuerst zur Welt kommen, aber manchmal tun sie's nicht. Wenn sie's nicht tun, gibt es für alle große Schwierigkeiten. Vielleicht muß ich diese Frau operieren; es wird sich bald herausstellen.»

Als er mit seinen Händen zufrieden war, ging er hinein und an die Arbeit.

«Zieh mal das Federbett weg, ja, George?» sagte er. «Ich möchte es lieber nicht anfassen.»

Nachher, als er zu operieren anfing, hielten der Onkel und drei Indianer die Frau fest. Sie biß Onkel George in den Arm, und Onkel George sagte: «Verdammtes Indianerweib», und der junge Indianer, der Onkel George herübergerudert hatte, lachte ihm zu. Nick hielt seinem Vater die Schüssel. Das Ganze dauerte sehr lange.

Sein Vater nahm das Kind auf und schlug es, damit es atmete, dann reichte er es der alten Frau.

«Sieh mal, Nick, ein Junge», sagte er. «Na, wie gefällt's dir als Assistent?»

Nick sagte: «Gut.» Er blickte weg, um nicht zu sehen, was sein Vater machte.

«So, da haben wir's», sagte sein Vater und tat etwas in die Schüssel.

Nick didn't look at it.

"Now," his father said, "there's some stitches to put in. You can watch this or not, Nick, just as you like. I'm going to sew up the incision I made."

Nick did not watch. His curiosity had been gone for a long time.

His father finished and stood up. Uncle George and the three Indian men stood up. Nick put the basin out in the kitchen.

Uncle George looked at his arm. The young Indian smiled reminiscently.

"I'll put some peroxide on that, George," the doctor said.

He bent over the Indian woman. She was quiet now and her eyes were closed. She looked very pale. She did not know what had become of the baby or anything.

"I'll be back in the morning," the doctor said, standing up. "The nurse should be here from St. Ignace by noon and she'll bring everything we need."

He was feeling exalted and talkative as football players are in the dressing room after a game.

"That's one for the medical journal, George," he said. "Doing a Cæsarian with a jack-knife and sewing it up with ninefoot, tapered gut leaders."

Uncle George was standing against the wall, looking at his arm.

"Oh, you're a great man, all right," he said.

"Ought to have a look at the proud father. They're usually the worst sufferers in these little affairs," the doctor said. "I must say he took it all pretty quietly."

He pulled back the blanket from the Indian's head. His hand came away wet. He mounted on the edge of the lower bunk with the lamp in one hand and looked in. The Indian lay with his face toward the wall. His throat had been cut from ear to ear. The blood had flowed down into a pool where his body sagged the

Nick sah nicht hin.

«Jetzt», sagte der Vater, «muß ich noch ein paar Stiche machen. Du kannst zusehen oder nicht, Nick, wie du willst. Ich muß den Schnitt nähen, den ich gemacht habe.»

Nick sah nicht hin; mit seiner Neugier war es längst vorbei.

Sein Vater war fertig und stand auf. Onkel George und die drei Indianer standen auch auf. Nick trug die Schüssel hinaus in die Küche.

Onkel George besah seinen Arm. Der junge Indianer lächelte erinnerungsvoll.

«Ich werde es dir mit Wasserstoff auswaschen, George», sagte der Doktor.

Er beugte sich über die Indianerin. Sie war jetzt still, und ihre Augen waren geschlossen. Sie sah sehr blaß aus. Sie wußte nicht, was aus dem Kind geworden war, noch sonst etwas.

«Ich komme morgen früh wieder», sagte der Doktor, sich aufrichtend. «Die Pflegerin aus St. Ignace wird wohl gegen Mittag hier sein und alles, was wir brauchen, mitbringen.»

Er war aufgeregt und gesprächig, wie Footballspieler im Ankleideraum nach dem Kampf.

«Das ist was fürs medizinische Journal, George», sagte er, «ein Kaiserschnitt mit dem Jagdmesser und eine Naht mit einem neun Fuß langen gedrehten Darm.»

Onkel George stand an der Wand und besah seinen Arm.

«Du bist 'n großer Mann, aber gewiß doch», sagte er.

«Muß wohl noch einen Blick auf den stolzen Vater werfen. Gewöhnlich leiden die bei diesen kleinen Angelegenheiten am meisten», sagte der Doktor. «Ich muß sagen, der hier hat sich nicht sehr angestellt.»

Er zog dem Indianer die Decke vom Kopf. Seine Hand war naß. Er stieg auf die Kante der unteren Bettkoje, mit der Lampe in der Hand, und sah hinein. Der Indianer lag mit dem Gesicht zur Wand. Sein Hals war durchschnitten, von einem Ohr zum andern. Das Blut war, wo sein Körper die Bettkoje niederdrückte, zu einer Lache zusammengeflossen. Der Kopf ruhte auf dem

bunk. His head rested on his left arm. The open razor lay, edge up, in the blankets.

"Take Nick out of the shanty, George," the doctor said.

There was no need of that. Nick, standing in the door of the kitchen, had a good view of the upper bunk when his father, the lamp in one hand, tipped the Indian's head back.

It was just beginning to be daylight when they walked along the logging road back toward the lake.

"I'm terribly sorry I brought you along, Nickie," said his father, all his post-operative exhilaration gone. "It was an awful mess to put you through."

"Do ladies always have such a hard time having babies?" Nick asked.

"No, that was very, very exceptional."

"Why did he kill himself, Daddy?"

"I don't know, Nick. He couldn't stand things, I guess."

"Do many men kill themselves, Daddy?"

"Not very many, Nick."

"Do many women?"

"Hardly ever."

"Don't they ever?"

"Oh, yes. They do sometimes."

"Daddy?"

"Yes."

"Where did Uncle George go?"

"He'll turn up all right."

"Is dying hard, Daddy?"

"No, I think it's pretty easy, Nick. It all depends."

They were seated in the boat, Nick in the stern, his father rowing. The sun was coming up over the hills. A bass jumped, making a circle in the water. Nick trailed his hand in the water. It felt warm in the sharp chill of the morning.

linken Arm. Das offene Rasiermesser lag mit der Schneide nach oben zwischen den Decken.

«George, nimm Nick raus», sagte der Doktor.

Das war überflüssig. Nick konnte von der Küchentür aus, wo er stand, genau sehen, was in der oberen Koje vorging, als sein Vater, der in einer Hand die Lampe hielt, den Kopf des Indianers zurücklegte.

Es fing gerade an zu dämmern, als sie den Holzfällerweg zurück zum See gingen.

«Tut mir schrecklich leid, Nickie, daß ich dich mitgenommen habe», sagte sein Vater. Verschwunden war die gehobene Stimmung, die der Operation gefolgt war. «Scheußlich, daß du das mitmachen mußtest.»

«Müssen Frauen immer so viel ausstehen, um Kinder zu bekommen?» fragte Nick.

«Nein, das war ganz, ganz außergewöhnlich.»

«Warum hat er sich denn umgebracht, Daddy?»

«Ich weiß nicht, Nick. Wahrscheinlich konnte er es nicht aushalten.»

«Bringen sich viele Männer um, Daddy?»

«Nicht sehr viele, Nick.»

«Und Frauen?»

«Fast nie.»

«Überhaupt nicht?»

«O doch, manchmal.»

«Daddy?»

«Ja?»

«Wo ist denn Onkel George hin?»

«Der wird schon wieder auftauchen.»

«Ist Sterben schwer, Daddy?»

«Nein, ich glaube, es ist ziemlich leicht, Nick. Es kommt darauf an.»

Sie saßen im Boot, Nick im Heck; sein Vater ruderte. Die Sonne stieg über den Bergen auf. Ein Barsch schnellte hoch und machte einen Kreis im Wasser. Nick ließ seine Hand im Wasser schleifen. Es fühlte sich warm an im schneidenden Morgenfrost.

In the early morning on the lake sitting in the stern of the boat with his father rowing, he felt quite sure that he would never die.

The Doctor and the Doctor's Wife

Dick Boulton came from the Indian camp to cut up logs for Nick's father. He brought his son Eddy and another Indian named Billy Tabeshaw with him. They came in through the back gate out of the woods, Eddy carrying the long cross-cut saw. It flopped over his shoulder and made a musical sound as he walked. Billy Tabeshaw carried two big cant-hooks. Dick had three axes under his arm.

He turned and shut the gate. The others went on ahead of him down to the lake shore where the logs were buried in the sand.

The logs had been lost from the big log booms that were towed down the lake to the mill by the steamer *Magic*. They had drifted up onto the beach and if nothing were done about them sooner or later the crew of the *Magic* would come along the shore in a rowboat, spot the logs, drive an iron spike with a ring on it into the end of each one and then tow them out into the lake to make a new boom. But the lumbermen might never come for them because a few logs were not worth the price of a crew to gather them. If no one came for them they would be left to waterlog and rot on the beach.

Nick's father always assumed that this was what would happen, and hired the Indians to come down from the camp and cut the logs up with the cross-cut saw and split them with a wedge to make cord wood and chunks for the open fireplace. Dick Boulton walked around past the cottage down to the lake. There were four big beech logs lying almost buried in

Am frühen Morgen auf dem See, als er im Heck des Bootes seinem rudernden Vater gegenübersaß, war er überzeugt davon, daß er niemals sterben würde.

Der Doktor und seine Frau

Dick Boulton kam aus dem Indianerlager herüber, um für Nicks Vater Holz zu hacken. Er brachte seinen Sohn Eddy und einen anderen Indianer, der Billy Tabeshaw hieß, mit. Sie kamen vom Wald durch das hintere Gatter herein, und Eddy trug die lange Schrotsäge. Sie baumelte ihm über die Schulter und gab beim Gehen einen melodischen Ton von sich. Billy Tabeshaw trug zwei große Kanthaken. Dick hatte drei Äxte unter dem Arm.

Er drehte sich um und machte das Gatter zu. Die anderen gingen ihm zum Seeufer voraus, wo die Baumstämme im Sand vergraben lagen.

Der Dampfer ‹Magic› hatte die Baumstämme aus großen Flößen, die er vom See zum Sägewerk schleppte, verloren. Sie waren an den Strand getrieben, und wenn man sie ruhig liegen ließ, würden sie früher oder später von der Besatzung der ‹Magic›, die in einem Ruderboot das Ufer entlangfuhr, gesichtet, an der Spitze mit einem eisernen Haken, an dem ein Ring befestigt war, durchbohrt und dann in den See hinausgeschleppt, um ein neues Floß zu bilden. Aber möglich war es, daß überhaupt niemand kam; denn für wenige Baumstämme lohnte es sich nicht, Leute zum Sammeln zu schicken. Wenn niemand sie holen kam, faulte das angeschwemmte Holz am Strand.

Nicks Vater nahm immer an, daß dies geschehen würde, und ließ die Indianer vom nahen Lager kommen, damit sie mit der Schrotsäge die Stämme zerkleinerten und sie mit dem Keil zu Klafterholz und Scheiten für den Kamin spalteten. Dick Boulton ging um das Gehöft herum weiter zum See hinunter. Vier große Buchenstämme waren fast vollständig im Sand vergraben. Eddy hängte die Säge an einem ihrer Griffe in der

the sand. Eddy hung the saw up by one of its handles in the crotch of a tree. Dick put the three axes down on the little dock. Dick was a half-breed and many of the farmers around the lake believed he was really a white man. He was very lazy but a great worker once he was started. He took a plug of tobacco out of his pocket, bit off a chew and spoke in Ojibway to Eddy and Billy Tabeshaw.

They sunk the ends of their cant-hooks into one of the logs and swung against it to loosen it in the sand. They swung their weight against the shafts of the cant-hooks. The log moved in the sand. Dick Boulton turned to Nick's father.

"Well, Doc," he said, "that's a nice lot of timber you've stolen."

"Don't talk that way, Dick," the doctor said. "It's driftwood."

Eddy and Billy Tabeshaw had rocked the log out of the wet sand and rolled it toward the water.

"Put it right in," Dick Boulton shouted.

"What are you doing that for?" asked the doctor.

"Wash it off. Clean off the sand on account of the saw. I want to see who it belongs to," Dick said.

The log was just awash in the lake. Eddy and Billy Tabeshaw leaned on their cant-hooks sweating in the sun. Dick kneeled down in the sand and looked at the mark of the scaler's hammer in the wood at the end of the log.

"It belongs to White and McNally," he said, standing up and brushing off his trousers knees.

The doctor was very uncomfortable.

"You'd better not saw it up then, Dick," he said, shortly.

"Don't get huffy, Doc," said Dick. "Don't get huffy. I don't care who you steal from. It's none of
52 my business."
53 "If you think the logs are stolen, leave them alone

Gabelung des Baumes auf. Dick legte die drei Äxte auf den kleinen Steg. Dick war ein Mischling, und viele Farmer um den See herum hielten ihn für einen Weißen.

Er war sehr faul, aber ein großartiger Arbeiter, wenn er erst mal angekurbelt war. Er nahm ein ziegelförmiges, gepreßtes Stück Tabak aus der Tasche, biß einen Priem ab und unterhielt sich auf Ojibway mit Eddy und Billy Tabeshaw.

Sie bohrten die Enden ihrer Kanthaken in einen der Baumstämme und warfen sich dagegen, um ihn im Sand zu lockern. Sie warfen sich mit ihrem ganzen Gewicht gegen die Schäfte ihrer Kanthaken. Der Baumstamm bewegte sich im Sand. Dick Boulton wandte sich an Nicks Vater.

«Na, Doc», sagte er, «da habt ihr ja 'ne ganz schöne Portion Holz geklaut.»

«Red nicht so daher, Dick», sagte der Doktor. «Das ist Treibholz.»

Eddy und Billy Tabeshaw hatten den Stamm aus dem nassen Sand ausgebuddelt und rollten ihn dem Wasser zu.

«Stoßt ihn ganz rein!» rief Dick Boulton.

«Wozu macht ihr das?» fragte der Doktor.

«Wascht ihn ab. Wegen der Säge, den ganzen Sand runter. Ich will sehen, wem der gehört», sagte Dick.

Der Baumstamm war gerade unter Wasser. Eddy und Billy Tabeshaw lehnten auf ihren Kanthaken schwitzend in der Sonne.

Dick kniete im Sand und besah sich das eingekerbte Zeichen im Holz am Ende des Baumstamms.

«Er gehört White und MacNally», sagte er im Aufstehen und klopfte sich den Sand von seinen Hosenbeinen.

Dem Doktor war es sehr peinlich.

«Dann solltet ihr ihn lieber nicht zersägen, Dick», sagte er kurz.

«Na, schnappen Sie nur nicht gleich ein, Doc», sagte Dick. «Nur nicht gleich einschnappen. Mir ist es doch gleich, von wem Sie's klauen. Geht mich ja nichts an.»

«Wenn du denkst, daß die Stämme gestohlen sind, dann laß

and take your tools back to the camp," the doctor said. His face was red.

"Don't go off at half cock, Doc," Dick said. He spat tobacco juice on the log. It slid off, thinning in the water. "You know they're stolen as well as I do. It don't make any difference to me."

"All right. If you think the logs are stolen, take your stuff and get out."

"Now, Doc——"

"Take your stuff and get out."

"Listen, Doc."

"If you call me Doc once again, I'll knock your eye teeth down your throat."

"Oh, no, you won't, Doc."

Dick Boulton looked at the doctor. Dick was a big man. He knew how big a man he was. He liked to get into fights. He was happy. Eddy and Billy Tabeshaw leaned on their canthooks and looked at the doctor. The doctor chewed the beard on his lower lip and looked at Dick Boulton. Then he turned away and walked up the hill to the cottage. They could see from his back how angry he was. They all watched him walk up the hill and go inside the cottage.

Dick said something in Ojibway. Eddy laughed but Billy Tabeshaw looked very serious. He did not understand English but he had sweat all the time the row was going on. He was fat with only a few hairs of mustache like a Chinaman. He picked up the two cant-hooks. Dick picked up the axes and Eddy took the saw down from the tree. They started off and walked up past the cottage and out the back gate into the woods. Dick left the gate open. Billy Tabeshaw went back and fastened it. They were gone through the woods.

In the cottage the doctor, sitting on the bed in his room, saw a pile of medical journals on the floor

sie liegen und mach, daß du mit deinem Kram ins Lager zurückkommst», sagte der Doktor. Sein Gesicht war rot.

«Nur nicht ohne Patronen schießen, Doc», sagte Dick. Er spuckte Tabaksaft auf den Stamm. Er rann herunter und verdünnte sich im Wasser. «Sie wissen genausogut wie ich, daß sie geklaut sind. Mir ist es doch egal.»

«Schön, wenn du glaubst, daß die Stämme gestohlen sind, nimm deinen Kram und mach, daß du fortkommst.»

«Aber Doc –»

«Nimm deinen Kram und mach, daß du fortkommst.»

«Hören Sie, Doc.»

«Wenn du mich noch einmal Doc nennst, hau ich dir eine in die Fresse, daß die Backenzähne fliegen!»

«O nein, das werden Sie nicht, Doc!»

Dick Boulton sah den Doktor an. Dick war ein starker Kerl. Er wußte, was er für ein Kerl war. Er mochte gern streiten. Er war glücklich. Eddy und Billy Tabeshaw lehnten auf ihren Kanthaken und sahen den Doktor an.

Der Doktor nagte am Bart seiner Unterlippe und sah Dick Boulton an. Dann drehte er sich um und ging den Hügel hinauf der Hütte zu. Man konnte seinem Rücken ansehen, wie wütend er war. Sie beobachteten ihn alle, wie er den Hügel hinauf und in die Hütte hineinging.

Dick sagte etwas auf Ojibway. Eddy lachte, aber Billy Tabeshaw sah sehr ernst aus. Er verstand kein Englisch, aber er hatte während des ganzen Streits geschwitzt. Er war dick und hatte nur ganz wenige Schnurrbarthaare wie ein Chinese. Er hob die zwei Kanthaken auf.

Dick hob die Äxte auf, und Eddy nahm die Säge vom Baum herunter. Sie machten sich auf den Weg und gingen an der Hütte vorbei, durch das hintere Gatter hinaus und in den Wald. Dick ließ das Gatter auf. Billy Tabeshaw ging zurück und befestigte es. Dann verschwanden sie im Wald.

Als der Doktor in der Hütte in seinem Zimmer auf seinem Bett saß, sah er einen Haufen medizinischer Zeitschriften auf

by the bureau. They were still in their wrappers unopened. It irritated him.

"Aren't you going back to work, dear?" asked the doctor's wife from the room where she was lying with the blinds drawn.

"No!"

"Was anything the matter?"

"I had a row with Dick Boulton."

"Oh," said his wife. "I hope you didn't lose your temper, Henry."

"No," said the doctor.

"Remember, that he who ruleth his spirit is greater than he that taketh a city," said his wife. She was a Christian Scientist. Her Bible, her copy of *Science and Health* and her *Quarterly* were on a table beside her bed in the darkened room.

Her husband did not answer. He was sitting on his bed now, cleaning a shotgun. He pushed the magazine full of the heavy yellow shells and pumped them out again. They were scattered on the bed.

"Henry," his wife called. Then paused a moment. "Henry!"

"Yes," the doctor said.

"You didn't say anything to Boulton to anger him, did you?"

"No," said the doctor.

"What was the trouble about, dear?"

"Nothing much."

"Tell me, Henry. Please don't try and keep anything from me. What was the trouble about?"

"Well, Dick owes me a lot of money for pulling his squaw through pneumonia and I guess he wanted a row so he wouldn't have to take it out in work."

His wife was silent. The doctor wiped his gun
56 carefully with a rag. He pushed the shells back in
57 against the spring of the magazine. He sat with the

der Erde neben seinem Schreibtisch liegen. Sie steckten noch ungeöffnet im Streifband. Es ärgerte ihn.

«Gehst du nicht wieder an die Arbeit, mein Lieber?» fragte die Frau des Doktors aus dem Nebenzimmer, wo sie bei herabgelassenen Vorhängen lag.

«Nein.»

«Ist irgendwas passiert?»

«Hatte Krach mit Dick Boulton.»

«Ach», sagte seine Frau. «Hoffentlich hast du dich nicht gehenlassen, Henry.»

«Nein», sagte der Doktor.

«Vergiß nicht, daß der, der sich selber besiegt, größer ist, als der, der eine Stadt erobert», sagte seine Frau. Sie gehörte den Christian Scientists an. Ihre Bibel, ihr Exemplar von *Science and Health* und ihre Vierteljahreszeitschrift lagen auf einem Tisch neben ihrem Bett in dem verdunkelten Zimmer.

Ihr Mann antwortete nicht. Er saß jetzt auf seinem Bett und säuberte eine Jagdflinte. Er drückte die schweren gelben Patronen in das Magazin und holte sie wieder heraus. Sie lagen verstreut auf dem Bett.

«Henry», rief seine Frau, dann, nach einem Augenblick, nochmals: «Henry!»

«Ja», sagte der Doktor.

«Du hast doch zu Boulton nichts gesagt, was ihn ärgern könnte, nicht wahr?»

«Nein», sagte der Doktor.

«Worum ging es denn, Lieber?»

«Ach, nicht der Rede wert.»

«Erzähl mir's, Henry. Bitte, versuch nicht, mir irgend etwas zu verschweigen. Worum ging es denn?»

«Also Dick schuldet mir 'ne Masse Geld, weil ich seine Squaw mit der Lungenentzündung durchgebracht habe, und er wollte wahrscheinlich Krach, damit er's nicht abzuarbeiten braucht.»

Seine Frau schwieg. Der Doktor reinigte sein Gewehr sorgfältig mit einem Lappen. Er drückte die Patronen fest gegen die Feder des Magazins. Er saß da mit dem Gewehr auf

gun on his knees. He was very fond of it. Then he heard his wife's voice from the darkened room.

"Dear, I don't think, I really don't think that any one would really do a thing like that."

"No?" the doctor said.

"No. I can't really believe that any one would do a thing of that sort intentionally."

The doctor stood up and put the shotgun in the corner behind the dresser.

"Are you going out, dear?" his wife said.

"I think I'll go for a walk," the doctor said.

"If you see Nick, dear, will you tell him his mother wants to see him?" his wife said.

The doctor went out on the porch. The screen door slammed behind him. He heard his wife catch her breath when the door slammed.

"Sorry," he said, outside her window with the blinds drawn.

"It's all right, dear," she said.

He walked in the heat out the gate and along the path into the hemlock woods. It was cool in the woods even on such a hot day. He found Nick sitting with his back against a tree, reading.

"Your mother wants you to come and see her," the doctor said.

"I want to go with you," Nick said.

His father looked down at him.

"All right. Come on, then," his father said. "Give me the book, I'll put it in my pocket."

"I know where there's black squirrels, Daddy," Nick said.

"All right," said his father. "Let's go there."

den Knien. Er mochte es sehr gern. Dann hörte er die Stimme seiner Frau aus dem verdunkelten Zimmer.

«Mein Lieber, ich glaube nicht, wirklich, ich glaube nicht, daß irgend jemand so etwas tun könnte.»

«Nein?» sagte der Doktor.

«Nein. Ich kann es mir wirklich nicht vorstellen, daß jemand so etwas mit Absicht tut.»

Der Doktor stand auf und stellte das Gewehr in die Ecke hinter die Frisierkommode.

«Gehst du aus, Lieber?» fragte seine Frau.

«Ja, ich werde ein bißchen gehen», sagte der Doktor.

«Wenn du Nick siehst, Lieber, willst du ihm dann sagen, daß ich ihn sprechen möchte?» sagte seine Frau.

Der Doktor ging hinaus auf die Veranda. Die Fliegentür schlug hinter ihm zu. Er hörte, wie seine Frau den Atem einzog, als die Tür zuschlug.

«Entschuldige», sagte er vor ihrem Fenster mit den herabgelassenen Gardinen.

«Es ist schon gut, Lieber», sagte sie.

Er ging in der Hitze durch das Gatter hinaus und den Weg entlang in den Schierlingstannenwald. Selbst an einem so heißen Tag war es kühl in den Wäldern. Er fand Nick lesend mit dem Rücken an einem Baumstamm gelehnt.

«Die Mutter möchte gern mit dir sprechen», sagte der Doktor.

«Ich möchte mit dir mitgehen», sagte Nick.

Sein Vater sah zu ihm hinab.

«Gut, dann komm», sagte sein Vater. «Gib mir dein Buch. Ich werd's in die Tasche stecken.»

«Daddy, ich weiß, wo's schwarze Eichhörnchen gibt», sagte Nick.

«Gut», sagte sein Vater. «Da wollen wir hingehen.»

Ten Indians

After one Fourth of July, Nick, driving home late from town in the big wagon with Joe Garner and his family, passed nine drunken Indians along the road. He remembered there were nine because Joe Garner, driving along in the dusk, pulled up the horses, jumped down into the road and dragged an Indian out of the wheel rut. The Indian had been asleep, face down in the sand. Joe dragged him into bushes and got back up on the wagon-box.

"That makes nine of them," Joe said, "just between here and the edge of town."

"Them Indians," said Mrs. Garner.

Nick was on the back seat with the two Garner boys. He was looking out from the back seat to see the Indian where Joe had dragged him alongside of the road.

"Was it Billy Tabeshaw?" Carl asked.

"No."

"His pants looked mighty like Billy."

"All Indians wear the same kind of pants."

"I didn't see him at all," Frank said. "Pa was down into the road and back up again before I seen a thing. I thought he was killing a snake."

"Plenty of Indians'll kill snakes tonight, I guess," Joe Garner said.

"Them Indians," said Mrs. Garner.

They drove along. The road turned off from the main highway and went up into the hills. It was hard pulling for the horses and the boys got down and walked. The road was sandy. Nick looked back from the top of the hill by the schoolhouse. He saw the lights of Petoskey and, off across Little Traverse Bay, the lights of Harbour Springs. They climbed back in the wagon again.

"They ought to put some gravel on that stretch,"

Zehn Indianer

Nach einem 4. Juli kam Nick, als er spät abends mit Joe Garner und dessen Familie in dem großen Wagen aus der Stadt nach Hause fuhr, auf der Landstraße an neun betrunkenen Indianern vorbei. Er erinnerte sich, daß es neun gewesen waren, weil Joe Garner, der in der Dämmerung den Wagen lenkte, die Pferde zum Stehen brachte, auf die Straße hinuntersprang und einen Indianer aus der Räderspur zerrte. Der Indianer hatte mit dem Gesicht im Sand gelegen und geschlafen. Joe schleifte ihn ins Gebüsch und stieg wieder auf den Bock.

«Das ist jetzt der neunte allein vom Stadtrand bis hierher», sagte Joe.

«Nein, diese Indianer», sagte Mrs. Garner.

Nick saß mit den beiden Garner-Jungens auf dem Rücksitz. Er versuchte, vom Rücksitz aus den Indianer zu erspähen, dort, wo ihn Joe neben den Straßenrand hin geschleift hatte.

«War es Billy Tabeshaw?» fragte Carl.

«Nein.»

«Die Hose sah mächtig nach Billy aus.»

«Alle Indianer tragen die gleiche Art Hosen.»

«Ich hab ihn überhaupt nicht gesehen», sagte Frank. «Pa war unten auf der Straße und schon wieder oben, bevor ich irgendwas gesehen hatte. Ich dachte, daß er eine Schlange tötet.»

«Na, wahrscheinlich werden viele Indianer heute nacht Schlangen töten», sagte Joe Garner.

«Nein, diese Indianer», sagte Mrs. Garner.

Sie fuhren weiter. Der Weg bog von der großen Landstraße ab und führte hinauf in die Hügel. Die Pferde hatten schwer zu ziehen, und die Jungens stiegen aus und gingen zu Fuß. Die Straße war sandig. Nick blickte von der Kuppe des Hügels neben der Schule zurück. Er sah die Lichter von Petoskey und jenseits der Little Traverse Bay die Lichter von Harbor Springs. Sie kletterten wieder in den Wagen.

«Die sollten auf dieser Strecke eigentlich Kies streuen»,

Joe Garner said. The wagon went along the road through the woods. Joe and Mrs. Garner sat close together on the front seat. Nick sat between the two boys. The road came out into a clearing.

"Right here was where Pa ran over the skunk."

"It was further on."

"It don't make no difference where it was," Joe said without turning his head. "One place is just as good as another to run over a skunk."

"I saw two skunks last night," Nick said.

"Where?"

"Down by the lake. They were looking for dead fish along the beach."

"They were coons probably," Carl said.

"They were skunks. I guess I know skunks."

"You ought to," Carl said. "You got an Indian girl."

"Stop talking that way, Carl," said Mrs. Garner.

"Well, they smell about the same."

Joe Garner laughed.

"You stop laughing, Joe," Mrs. Garner said. "I won't have Carl talk that way."

"Have you got an Indian girl, Nickie?" Joe asked.

"No."

"He has too, Pa," Frank said. "Prudence Mitchell's his girl."

"She's not."

"He goes to see her every day."

"I don't." Nick, sitting between the two boys in the dark, felt hollow and happy inside himself to be teased about Prudence Mitchell. "She ain't my girl," he said.

"Listen to him," said Carl. "I see them together every day."

"Carl can't get a girl," his mother said, "not even a squaw."

Carl was quiet.

sagte Joe Garner. Der Wagen fuhr die Straße entlang durch den Wald. Joe und Mrs. Garner saßen dicht beieinander auf dem Vordersitz. Nick saß zwischen den beiden Jungens. Die Straße führte auf eine Lichtung.

«Gerade hier hat Pa den Skunk überfahren.»

«Es war weiter unten.»

«Das ist doch wirklich egal, wo es war», sagte Joe, ohne den Kopf zu wenden. «Um einen Skunk zu überfahren, ist ein Ort so gut wie der andere.»

«Gestern abend habe ich zwei Skunks gesehen», sagte Nick.

«Wo?»

«Unten am See. Sie suchten den Strand nach toten Fischen ab.»

«Wahrscheinlich waren es Waschbären», sagte Carl.

«Es waren Skunks. Ich glaube, ich weiß, was 'n Skunk ist.»

«Solltest du eigentlich», sagte Carl, «du hast ja ein indianisches Mädchen.»

«Hör schon auf damit, Carl», sagte Mrs. Garner.

«Die riechen nämlich ungefähr ebenso.»

Joe Garner lachte.

«Du, hör auf zu lachen, Joe», sagte Mrs. Garner. «Ich erlaube nicht, daß Carl so spricht.»

«Hast du 'n indianisches Mädchen, Nickie?» fragte Joe.

«Nein.»

«Er hat aber, Pa», sagte Frank. «Prudence Mitchell ist sein Mädchen.»

«Das ist sie nicht.»

«Er besucht sie jeden Tag.»

«Tu ich nicht.» Nick, der in der Dunkelheit zwischen den beiden Jungens saß, fühlte sich in seinem Innern leer und glücklich, weil man ihn wegen Prudence Mitchell aufzog. «Sie ist nicht mein Mädchen», sagte er.

«Hör ihn dir an», sagte Carl. «Ich sehe sie jeden Tag zusammen.»

«Carl kann kein Mädchen kriegen», sagte seine Mutter. «Nicht mal eine Squaw.»

Carl schwieg.

"Carl ain't no good with girls," Frank said.

"You shut up."

"You're all right, Carl," Joe Garner said. "Girls never got a man anywhere. Look at your pa."

"Yes, that's what you would say," Mrs. Garner moved close to Joe as the wagon jolted. "Well, you had plenty of girls in your time."

"I'll bet Pa wouldn't ever have had a squaw for a girl."

"Don't you think it," Joe said. "You better watch out to keep Prudie, Nick."

His wife whispered to him and Joe laughed.

"What you laughing at?" asked Frank.

"Don't you say it, Garner," his wife warned.

Joe laughed again.

"Nickie can have Prudence," Joe Garner said. "I got a good girl."

"That's the way to talk," Mrs. Garner said.

The horses were pulling heavily in the sand. Joe reached out in the dark with the whip.

"Come on, pull into it. You'll have to pull harder than this tomorrow."

They trotted down the long hill, the wagon jolting. At the farmhouse everybody got down. Mrs. Garner unlocked the door, went inside, and came out with a lamp in her hand. Carl and Nick unloaded the things from the back of the wagon. Frank sat on the front seat to drive to the barn and put up the horses. Nick went up the steps and opened the kitchen door. Mrs. Garner was building a fire in the stove. She turned from pouring kerosene on the wood.

"Good-by, Mrs. Garner," Nick said. "Thanks for taking me."

"Oh shucks, Nickie."

"I had a wonderful time."

"We like to have you. Won't you stay and eat some supper?"

«Carl versteht's nicht mit Mädchen», sagte Frank.

«Du, halt den Mund.»

«Du bist goldrichtig, Carl», sagte Joe Garner. «Mädchen haben noch keinem Mann gut getan. Sieh dir deinen Pa an.»

«Das sieht dir ähnlich, so zu reden.» Mrs. Garner rückte näher an Joe heran, als der Wagen stieß. «Na, du hast doch, als du jung warst, genug Mädchen gehabt.»

«Na, ich wette, daß Pa niemals eine Squaw zum Schatz gehabt hat.»

«Das glaub du nicht», sagte Joe. «Nick, gib nur acht, daß du Prudie behältst.»

Seine Frau flüsterte ihm etwas zu, und Joe lachte.

«Worüber lachst du denn?» fragte Frank.

«Daß du es nicht sagst, Garner», warnte ihn seine Frau.

Joe lachte von neuem.

«Nickie kann Prudence behalten», sagte Joe Garner. «Ich hab ein nettes Mädchen.»

«Schöne Art zu reden», sagte Mrs. Garner.

Die Pferde zogen schwer in dem Sand. Joe schwang in der Dunkelheit die Peitsche.

«Los doch, legt euch mal rein. Morgen müßt ihr noch schwerer ziehen.»

Sie trotteten den langen Hügel hinunter; der Wagen stieß. Vor dem Farmhaus stiegen alle aus. Mrs. Garner schloß die Tür auf, ging hinein und kam mit einer Lampe in der Hand wieder. Carl und Nick luden die Sachen hinten vom Wagen ab. Frank saß auf dem Vordersitz, um zur Scheune zu fahren und die Pferde einzustellen. Nick ging die Stufen hinauf und öffnete die Küchentür. Mrs. Garner war gerade dabei, Feuer im Herd zu machen. Sie goß Petroleum auf das Holz und wandte sich um.

«Auf Wiedersehen, Mrs. Garner», sagte Nick. «Und noch schönen Dank fürs Mitnehmen!»

«Red keinen Unsinn, Nickie.»

«Ich hab mich herrlich amüsiert.»

«Wir freuen uns, wenn du kommst. Willst du nicht bleiben und Abendbrot mitessen?»

"I better go. I think Dad probably waited for me."

"Well, get along then. Send Carl up to the house, will you?"

"All right."

"Good-night, Nickie."

"Good-night, Mrs. Garner."

Nick went out the farmyard and down to the barn. Joe and Frank were milking.

"Good-night," Nick said. "I had a swell time."

"Good-night, Nick," Joe Garner called. "Aren't you going to stay and eat?"

"No, I can't. Will you tell Carl his mother wants him?"

"All right. Good-night, Nickie."

Nick walked barefoot along the path through the meadow below the barn. The path was smooth and the dew was cool on his bare feet. He climbed a fence at the end of the meadow, went down through a ravine, his feet wet in the swamp mud, and then climbed up through the dry beech woods until he saw the lights of the cottage. He climbed over the fence and walked around to the front porch. Through the window he saw his father sitting by the table, reading in the light from the big lamp. Nick opened the door and went in.

"Well, Nickie," his father said, "was it a good day?"

"I had a swell time, Dad. It was a swell Fourth of July."

"Are you hungry?"

"You bet."

"What did you do with your shoes?"

"I left them in the wagon at Garner's."

"Come on out to the kitchen."

Nick's father went ahead with the lamp. He stopped and lifted the lid of the ice-box. Nick went on into the kitchen. His father brought in a piece of cold chicken on a plate and a pitcher of milk and put them on the table before Nick. He put down the lamp.

«Ich geh lieber. Wahrscheinlich ist Vater meinetwegen aufgeblieben.»

«Na, dann lauf nur! Schick Carl ins Haus, ja?»

«Schön.»

«Gute Nacht, Nickie.»

«Gute Nacht, Mrs. Garner.»

Nick ging aus dem Hof und hinunter zur Scheune. Joe und Carl waren beim Melken.

«Gute Nacht», sagte Nick. «Es war wunderbar.»

«Gute Nacht, Nick», rief Joe Garner. «Bleibst du denn nicht und ißt mit uns?»

«Nein, ich kann nicht. Wollen Sie Carl sagen, daß er zu seiner Mutter kommen soll?»

«Schön. Gute Nacht, Nickie.»

Nick ging barfuß den Weg entlang über die Wiese unterhalb der Scheune. Der Weg war glatt, und der Tau war kühl an seinen nackten Füßen. Er kletterte über einen Zaun am Ende der Wiese, stieg durch eine Schlucht hinab, und seine Füße wurden naß in dem schlammigen Morast, und dann kletterte er durch den trockenen Buchenwald hinauf, bis er die Lichter der Hütte erblickte. Er kletterte über den Zaun und ging herum bis zur vorderen Veranda. Durch das Fenster sah er seinen Vater am Tisch sitzen und beim Licht der großen Lampe lesen. Nick öffnete die Tür und ging hinein.

«Nun, Nickie», sagte sein Vater. «War es schön?»

«Bei mir war's fabelhaft, Daddy. Es war ein fabelhafter Vierter Juli.»

«Hast du Hunger?»

«Na und ob.»

«Was hast du denn mit deinen Schuhen gemacht?»

«Ich hab sie bei Garners im Wagen gelassen.»

«Komm raus in die Küche.»

Nicks Vater ging mit der Lampe voran. Er blieb stehen und hob den Deckel vom Eisschrank. Nick ging weiter in die Küche. Sein Vater brachte ein Stück kaltes Huhn auf einem Teller herein und einen Krug mit Milch und stellte beides vor Nick auf den Tisch. Er setzte die Lampe hin.

"There's some pie too," he said. "Will that hold you?"

"It's grand."

His father sat down in a chair beside the oil-cloth-covered table. He made a big shadow on the kitchen wall.

"Who won the ball game?"

"Petoskey. Five to three."

His father sat watching him eat and filled his glass from the milk-pitcher. Nick drank and wiped his mouth on his napkin. His father reached over to the shelf for the pie. He cut Nick a big piece. It was huckleberry pie.

"What did you do, Dad?"

"I went out fishing in the morning."

"What did you get?"

"Only perch."

His father sat watching Nick eat the pie.

"What did you do this afternoon?" Nick asked.

"I went for a walk up by the Indian camp."

"Did you see anybody?"

"The Indians were all in town getting drunk."

"Didn't you see anybody at all?"

"I saw your friend, Prudie."

"Where was she?"

"She was in the woods with Frank Washburn. I ran onto them. They were having quite a time."

His father was not looking at him.

"What were they doing?"

"I didn't stay to find out."

"Tell me what they were doing."

"I don't know," his father said. "I just heard them threshing around."

"How did you know it was them?"

"I saw them."

"I thought you said you didn't see them."

"Oh, yes, I saw them."

«Es gibt auch noch Auflauf», sagte er. «Wirst du damit genug haben?»

«Ja, großartig.»

Sein Vater setzte sich auf einen Stuhl neben den mit Wachstuch bedeckten Tisch. Er warf einen großen Schatten auf die Küchenwand.

«Wer hat beim Football gewonnen?»

«Petoskey. Fünf zu drei.»

Sein Vater saß da und sah ihm beim Essen zu und füllte sein Glas aus dem Milchkrug. Nick trank und wischte sich den Mund an der Serviette ab. Sein Vater langte auf das Bord hinüber nach dem Auflauf. Er schnitt Nick ein großes Stück davon ab. Es war Heidelbeerauflauf.

«Was hast du gemacht, Dad?»

«Morgens bin ich angeln gegangen.»

«Was hast du gefangen?»

«Nur Barsche.»

Sein Vater saß und beobachtete, wie Nick seinen Auflauf aß.

«Und was hast du am Nachmittag gemacht?» fragte Nick.

«Ich bin beim Indianerlager spazierengegangen.»

«Hast du wen gesehen?»

«Die Indianer waren alle in der Stadt, um sich zu betrinken.»

«Hast du überhaupt niemand gesehen?»

«Ich habe deine Freundin Prudie gesehen.»

«Wo war sie?»

«Sie war mit Frank Washburn zusammen im Wald. Ich stieß auf sie; sie amüsierten sich nicht schlecht.»

Sein Vater sah ihn nicht an.

«Was machten sie?»

«Ich bin nicht stehengeblieben, um das festzustellen.»

«Sag mir, was sie machten.»

«Ich weiß nicht», sagte sein Vater. «Ich habe nur gehört, wie sie sich rumwälzten.»

«Woher weißt du, daß sie's waren?»

«Ich habe sie gesehen.»

«Ich dachte, du hast gesagt, daß du sie nicht gesehen hast.»

«O doch, ich habe sie gesehen.»

"Who was it with her?" Nick asked.

"Frank Washburn."

"Were they–were they——"

"Were they what?"

"Were they happy?"

"I guess so."

His father got up from the table and went out the kitchen screen door. When he came back Nick was looking at his plate. He had been crying.

"Have some more?" His father picked up the knife to cut the pie.

"No," said Nick.

"You better have another piece."

"No, I don't want any."

His father cleared off the table.

"Where were they in the woods?" Nick asked.

"Up back of the camp." Nick looked at his plate. His father said, "You better go to bed, Nick."

"All right."

Nick went into his room, undressed, and got into bed. He heard his father moving around in the living room. Nick lay in the bed with his face in the pillow.

"My heart's broken," he thought. "If I feel this way my heart must be broken."

After a while he heard his father blow out the lamp and go into his own room. He heard a wind come up in the trees outside and felt it come in cool through the screen. He lay for a long time with his face in the pillow, and after a while he forgot to think about Prudence and finally he went to sleep. When he awoke in the night he heard the wind in the hemlock trees outside the cottage and the waves of the lake coming in on the shore, and he went back to sleep. In the morning there was a big wind blowing and the waves were running high up on the beach and he was awake a long time before he remembered that his heart was broken.

«Mit wem war sie?» fragte Nick.

«Frank Washburn.»

«Waren sie – waren sie –?»

«Waren sie was?»

«Waren sie glücklich?»

«Ich glaub schon.»

Sein Vater stand vom Tisch auf und ging durch die Fliegentür aus der Küche. Als er zurückkam, sah Nick auf seinen Teller. Er hatte geweint.

«Willst du noch was?» Sein Vater nahm das Messer in die Hand, um ein Stück Auflauf abzuschneiden.

«Nein», sagte Nick.

«Iß doch noch ein Stück.»

«Nein, ich mag nicht mehr.»

Sein Vater räumte den Tisch ab.

«Wo waren sie im Wald?» fragte Nick.

«Oben, hinter dem Lager.» Nick sah auf seinen Teller. Sein Vater sagte: «Geh mal jetzt schlafen, Nick.»

«Schön.»

Nick ging in sein Zimmer hinauf, zog sich aus und legte sich zu Bett. Er hörte seinen Vater im Wohnzimmer herumwirtschaften. Nick lag im Bett mit dem Gesicht im Kopfkissen.

Mein Herz ist gebrochen, dachte er. Wenn ich mich so fühle, ist mein Herz sicher gebrochen.

Nach einer Weile hörte er, wie sein Vater die Lampe ausblies und in sein Zimmer ging. Er hörte, wie sich draußen in den Bäumen ein Wind erhob, und fühlte ihn kühl durch das Fliegenfenster hereinkommen.

Er lag eine lange Zeit so, mit dem Gesicht in dem Kissen, und nach einer Weile vergaß er, an Prudence zu denken, und am Ende schlief er ein. Als er nachts aufwachte, hörte er draußen den Wind in den Schierlingstannen vor der Hütte und die Wellen, die sich am Ufer des Sees brachen, und er schlief wieder ein. Am Morgen blies ein starker Sturm, und die Wellen liefen hoch den Strand hinauf, und er war eine ganze Zeit lang wach, bevor ihm einfiel, daß sein Herz gebrochen war.

He came into the room to shut the windows while we were still in bed and I saw he looked ill. He was shivering, his face was white, and he walked slowly as though it ached to move.

"What's the matter, Schatz?"

"I've got a headache."

"You better go back to bed."

"No. I'm all right."

"You go to bed. I'll see you when I'm dressed."

But when I came downstairs he was dressed, sitting by the fire, looking a very sick and miserable boy of nine years. When I put my hand on his forehead I knew he had a fever.

"You go up to bed," I said, "you're sick."

"I'm all right," he said.

When the doctor came he took the boy's temperature.

"What is it?" I asked him.

"One hundred and two."

Downstairs, the doctor left three different medicines in different colored capsules with instructions for giving them. One was to bring down the fever, another a purgative, the third to overcome an acid condition. The germs of influenza can only exist in an acid condition, he explained. He seemed to know all about influenza and said there was nothing to worry about if the fever did not go above one hundred and four degrees. This was a light epidemic of flu and there was no danger if you avoided pneumonia.

Back in the room I wrote the boy's temperature down and made a note of the time to give the various capsules.

"Do you want me to read to you?"

"All right. If you want to," said the boy. His face was very white and there were dark areas under his

Ein Tag Warten

Er kam ins Zimmer, um die Fenster zu schließen, während wir noch im Bett lagen, und ich fand, daß er krank aussah. Er fröstelte; sein Gesicht war weiß, und er ging langsam, als ob jede Bewegung weh täte.

«Was ist los, Schatz?»

«Ich habe Kopfschmerzen.»

«Dann geh lieber wieder ins Bett.»

«Nein, ich bin ganz in Ordnung.»

«Du gehst ins Bett. Ich komme zu dir, sobald ich angezogen bin.»

Aber als ich herunterkam, war er angezogen und saß am Feuer und sah wie ein kranker, jämmerlicher, neunjähriger Junge aus. Als ich ihm die Hand auf die Stirn legte, wußte ich, daß er Fieber hatte.

«Du gehst rauf ins Bett», sagte ich. «Du bist krank.»

«Ich bin ganz in Ordnung», sagte er.

Als der Doktor kam, nahm er die Temperatur des Jungen.

«Wieviel hat er?» fragte ich ihn.

«Hundertundzwei.»

Unten ließ der Doktor drei verschiedene Medikamente in verschiedenfarbigen Kapseln zurück, mit Anweisungen, wie sie zu nehmen waren. Das eine sollte das Fieber herunterbringen, das zweite war ein Abführmittel, und das dritte war gegen Übersäure im Magen. Die Grippebazillen können nur bei Übersäure existieren, hatte er erklärt. Er schien alles über Grippe zu wissen und sagte, es wäre nicht weiter besorgniserregend, falls die Temperatur nicht auf hundertundvier steige. Es herrsche eine leichte Grippeepidemie, und es bestände keinerlei Gefahr, wenn keine Lungenentzündung hinzukäme.

Als ich wieder ins Zimmer kam, schrieb ich die Temperatur des Jungen auf und notierte, wann man ihm die verschiedenen Medikamente geben sollte.

«Möchtest du, daß ich dir vorlese?»

«Schön. Wenn du willst», sagte der Junge. Sein Gesicht war sehr weiß, und er hatte dunkle Schatten unter den Augen. Er

eyes. He lay still in the bed and seemed very detached from what was going on.

I read aloud from Howard Pyle's *Book of Pirates;* but I could see he was not following what I was reading.

"How do you feel, Schatz?" I asked him.

"Just the same, so far," he said.

I sat at the foot of the bed and read to myself while I waited for it to be time to give another capsule. It would have been natural for him to go to sleep, but when I looked up he was looking at the foot of the bed, looking very strangely.

"Why don't you try to go to sleep? I'll wake you up for the medicine."

"I'd rather stay awake."

After a while he said to me, "You don't have to stay in here with me, Papa, if it bothers you."

"It doesn't bother me."

"No, I mean you don't have to stay if it's going to bother you."

I thought perhaps he was a little lightheaded and after giving him the prescribed capsules at eleven o'clock I went out for a while.

It was a bright, cold day, the ground covered with a sleet that had frozen so that it seemed as if all the bare trees, the bushes, the cut brush and all the grass and the bare ground had been varnished with ice. I took the young Irish setter for a little walk up the road and along a frozen creek, but it was difficult to stand or walk on the glassy surface and the red dog slipped and slithered and I fell twice, hard, once dropping my gun and having it slide away over the ice.

We flushed a covey of quail under a high clay bank with overhanging brush and I killed two as they went out of sight over the top of the bank. Some of the covey lit in trees, but most of them scattered into

lag reglos im Bett und schien gleichgültig gegen alles, was vorging.

Ich las ihm aus Howard Pyles *Piratenbuch* vor, aber ich sah, daß er nicht bei der Sache war.

«Wie fühlst du dich, Schatz?» fragte ich ihn.

«Genau wie vorhin, bis jetzt», sagte er.

Ich saß am Fußende des Bettes und las für mich, während ich darauf wartete, daß es Zeit war, ihm wieder ein Pulver zu geben. Normalerweise hätte er einschlafen müssen, aber als ich aufblickte, blickte er das Fußende des Bettes an und hatte einen seltsamen Ausdruck im Gesicht.

«Warum versuchst du nicht einzuschlafen? Ich werde dich wecken, wenn es Zeit für die Medizin ist.»

«Ich möchte lieber wach bleiben.»

Nach einer Weile sagte er zu mir: «Papa, du brauchst nicht hier bei mir zu bleiben, wenn es dir unangenehm ist.»

«Es ist mir nicht unangenehm.»

«Nein, ich meine, du brauchst nicht zu bleiben, wenn es dir unangenehm wird.»

Ich dachte, daß er vielleicht ein bißchen wirr sei, und nachdem ich ihm um elf das verschriebene Pulver gegeben hatte, ging ich eine Weile aus.

Es war ein klarer, kalter Tag. Den Boden bedeckte eine Graupelschicht, die gefroren war, so daß es aussah, als ob all die kahlen Bäume, die Büsche, das Reisig und all das Gras und der kahle Boden mit Eis glasiert seien. Ich nahm den jungen irischen Hühnerhund zu einem kleinen Spaziergang mit, die Landstraße hinauf und dann einen zugefrorenen Bach entlang, aber es war schwierig, auf der glasigen Oberfläche zu stehen oder zu gehen, und der rotbraune Hund rutschte aus und schlitterte, und ich fiel zweimal heftig hin, und das eine Mal ließ ich meine Flinte dabei fallen, die ein ganzes Stück über das Eis wegglitt.

Wir jagten ein Volk Wachteln, unter einem hohen Lehmdamm mit überhängendem Gestrüpp auf, und ich tötete zwei, als sie über den Damm hinweg außer Sicht gingen. Einige stießen in die Bäume nieder, aber die meisten schwärmten in

brush piles and it was necessary to jump on the ice-coated mounds of brush several times before they would flush. Coming out while you were poised unsteadily on the icy, springy brush they made difficult shooting and I killed two, missed five, and started back pleased to have found a covey close to the house and happy there were so many left to find on another day.

At the house they said the boy had refused to let any one come into the room.

"You can't come in," he said. "You mustn't get what I have."

I went up to him and found him in exactly the position I had left him, white-faced, but with the tops of his cheeks flushed by the fever, staring still, as he had stared, at the foot of the bed.

I took his temperature.

"What is it?"

"Something like a hundred," I said. It was one hundred and two and four tenths.

"It was a hundred and two," he said.

"Who said so?"

"The doctor."

"Your temperature is all right," I said. "It's nothing to worry about."

"I don't worry," he said, "but I can't keep from thinking."

"Don't think," I siad. "Just take it easy."

"I'm taking it easy," he said and looked straight ahead. He was evidently holding tight onto himself about something.

"Take this with water."

"Do you think it will do any good?"

"Of course it will."

I sat down and opened the *Pirate* book and commenced to read, but I could see he was not following, so I stopped.

die Reisighaufen, und man mußte mehrmals auf den eisüberzogenen Reisighügeln hin- und herspringen, bis sie hochgingen. Es war schwierig, sie zu treffen, als sie aufflogen, während man unsicher auf dem eisglatten, federnden Reisig stand, und ich tötete zwei und verfehlte fünf und machte mich auf den Heimweg, vergnügt, weil ich so dicht von zu Hause ein Wachtelvolk aufgetrieben hatte, und froh, daß für einen anderen Tag noch so viele übrig waren.

Zu Hause sagte man mir, daß der Junge keinem erlaubt habe, in sein Zimmer zu kommen.

«Du kannst nicht reinkommen», hatte er gesagt. «Du darfst das nicht bekommen, was ich habe.»

Ich ging zu ihm hinauf und fand ihn in genau derselben Lage, wie ich ihn verlassen hatte, weiß-gesichtig, aber mit roten Fieberflecken auf den Backen. Er starrte immer noch, wie er vorher gestarrt hatte, auf das Fußende des Bettes.

Ich maß seine Temperatur.

«Wieviel habe ich?»

«Ungefähr hundert», sagte ich. Es waren hundertundzwei und vier Zehntel.

«Es waren hundertundzwei», sagte er.

«Wer hat das gesagt?»

«Der Doktor.»

«Deine Temperatur ist ganz in Ordnung», sagte ich. «Kein Grund, sich aufzuregen.»

«Ich rege mich nicht auf», sagte er, «aber ich muß immer denken.»

«Nicht denken», sagte ich. «Nimm's doch nicht so tragisch.»

«Ich nehme es nicht tragisch», sagte er und sah starr vor sich hin. Er nahm sich offensichtlich wegen irgend etwas schrecklich zusammen.

«Schluck dies mit etwas Wasser.»

«Glaubst du, daß es helfen wird?»

«Natürlich hilft es.»

Ich setzte mich hin und schlug das *Piratenbuch* auf und begann zu lesen, aber ich konnte sehen, daß er nicht folgte, darum hörte ich auf.

"About what time do you think I'm going to die?" he asked.

"What?"

"About how long will it be before I die?"

"You aren't going to die. What's the matter with you?"

"Oh, yes, I am. I heard him say a hundred and two."

"People don't die with a fever of one hundred and two. That's a silly way to ralk."

"I know they do. At school in France the boys told me you can't live with forty-four degrees. I've got a hundred and two."

He had been waiting to die all day, ever since nine o'clock in the morning.

"You poor Schatz," I said. "Poor old Schatz. It's like miles and kilometers. You aren't going to die. That's a different thermometer. On that thermometer thirty-seven is normal. On this kind it's ninety-eight."

"Are you sure?"

"Absolutely," I said. "It's like miles and kilometers. You know, like how many kilometers we make when we do seventy miles in the car?"

"Oh," he said.

But his gaze at the foot of the bed relaxed slowly. The hold over himself relaxed too, finally, and the next day it was very slack and he cried very easily at little things that were of no importance.

Fathers and Sons

There had been a sign to detour in the center of the main street of this town, but cars had obviously gone through, so, believing it was some repair which had been completed, Nicholas Adams drove on through the town along the empty, brick-paved street, stopped

«Um wieviel Uhr, glaubst du, daß ich sterben werde?» fragte er.

«Was?»

«Wie lange dauert es noch ungefähr, bis ich sterbe?»

«Aber du stirbst doch nicht. Was ist denn los mit dir?»

«Doch, ich sterbe. Ich habe gehört, wie er hundertundzwei gesagt hat.»

«Aber man stirbt doch nicht bei einer Temperatur von hundertundzwei. Es ist albern, so zu reden.»

«Ich weiß aber, daß es so ist. In der Schule in Frankreich haben mir die Jungen erzählt, daß man mit vierundvierzig Grad nicht leben kann. Ich habe hundertundzwei.»

Er hatte den ganzen Tag auf seinen Tod gewartet, die ganze Zeit über, seit neun Uhr morgens.

«Mein armer Schatz», sagte ich. «Mein armer alter Schatz. Es ist wie mit Meilen und Kilometern. Du wirst nicht sterben. Es ist ein anderes Thermometer. Auf *dem* Thermometer ist siebenunddreißig normal. Auf dieser Sorte achtundneunzig.»

«Bist du sicher?»

«Völlig», sagte ich. «Es ist wie mit Meilen und Kilometern. Weißt du, so wie: wieviel Kilometer machen wir, wenn wir siebzig Meilen im Auto fahren?»

«Ach», sagte er.

Aber die Starre schwand langsam aus seinem auf das Fußende seines Bettes gerichteten Blick; auch seine Verkrampftheit ließ schließlich nach und war am nächsten Tag fast ganz weg, und er weinte wegen Kleinigkeiten los, die ganz unwichtig waren.

Väter und Söhne

In der Mitte der Hauptstraße der Stadt war ein Umleitungszeichen gewesen, aber Autos waren ganz offensichtlich durchgefahren, also fuhr Nicholas Adams in der Meinung, daß es sich um Straßenarbeiten handelte, die beendet waren, durch die Stadt, die leere, ziegelsteingepflasterte Straße entlang, von

by traffic lights that flashed on and off on this traffic-less Sunday, and would be gone next year when the payments on the system were not met; on under the heavy trees of the small town that are a part of your heart if it is your town and you have walked under them, but that are only too heavy, that shut out the sun and that dampen the houses for a stranger; out past the last house and onto the highway that rose and fell straight away ahead with banks of red dirt sliced cleanly away and the second-growth timber on both sides. It was not his country but it was the middle of fall and all of this country was good to drive through and to see.

The cotton was picked and in the clearings there were patches of corn, some cut with streaks of red sorghum, and, driving easily, his son asleep on the seat by his side, the day's run made, knowing the town he would reach for the night, Nick noticed which corn fields had soy beans or peas in them, how the thickets and the cut-over land lay, where the cabins and houses were in relation to the fields and the thickets; hunting the country in his mind as he went by; sizing up each clearing as to feed and cover and figuring where you would find a covey and which way they would fly.

In shooting quail you must not get between them and their habitual cover, once the dogs have found them, or when they flush they will come pouring at you, some rising steep, some skimming by your ears, whirring into a size you have never seen them in the air as they pass, the only way being to turn and take them over your shoulder as they go, before they set their wings and angle down into the thicket. Hunting this country for quail as his father had taught him, Nicholas Adams started thinking about his father. When he first thought about him it was always the eyes. The big frame, the quick movements, the wide

Verkehrslichtern angehalten, die an diesem verkehrslosen Sonntag an- und ausgingen und die nächstes Jahr verschwunden sein würden, wenn die Zahlungen für die Anlage nicht geleistet wurden; weiter, unter den dichten Bäumen der kleinen Stadt, die dir ans Herz gewachsen sind, wenn es deine Stadt ist und du unter ihnen einhergegangen bist, die aber für einen Fremden nur zu dicht sind, die Sonne aussperren und die Häuser feucht machen; hinaus, hinter dem letzten Haus, auf die Landstraße, die mit sauber abgeschrägten roten Lehmböschungen und dem Baumnachwuchs zu beiden Seiten direkt vor ihm anstieg und abfiel. Es war nicht sein Land, aber es war mitten im Herbst, und all dies Land war gut zum Durchfahren und Betrachten. Die Baumwolle war gepflückt, und in den Lichtungen waren Getreidefelder, manche mit rotem chinesischem Zuckerrohr durchsetzt, und er fuhr gemächlich dahin, seinen schlafenden Sohn neben sich auf dem Sitz; das Tagespensum hatte er hinter sich; er kannte die Stadt, in der er über Nacht bleiben würde, und Nick stellte fest, in welchen Getreidefeldern Sojabohnen oder Erbsen wuchsen, wie die Dickichte und das geackerte Land zueinander lagen und die Hütten und Häuser zu den Feldern und Dickichten; er durchjagte das Land im Geist, als er vorbeifuhr, schätzte jede Lichtung auf Futter und Deckung ab und kalkulierte, wo man wohl ein Wachtelvolk finden würde und nach welcher Seite es fliegen würde.

Beim Jagen auf Wachteln darf man, wenn die Hunde sie einmal aufgespürt haben, nicht zwischen sie und ihre gewohnte Deckung kommen, sonst streichen sie, wenn sie aufschwirren, auf einen zu; manche steigen steil auf; manche streifen einem an den Ohren vorbei, schwirren, wenn sie vorbeikommen, zu einer Größe, wie man sie nie in der Luft gesehen hat, und das einzige, was man tun kann, ist kehrtmachen und sie beim Vorbeistreichen schießen, bevor sie ihre Flügel feststellen und in das Dickicht hinabwinkeln. Wie er so das Land nach Wachteln abjagte, wie es ihn sein Vater gelehrt hatte, begann Nicholas Adams an seinen Vater zu denken. Das erste, wenn er an ihn dachte, waren immer die Augen. Seine große Gestalt,

shoulders, the hooked, hawk nose, the beard that covered the weak chin, you never thought about – it was always the eyes. They were protected in his head by the formation of the brows; set deep as though a special protection had been devised for some very valuable instrument. They saw much farther and much quicker than the human eye sees and they were the great gift his father had. His father saw as a big-horn ram or as an eagle sees, literally.

He would be standing with his father on one shore of the lake, his own eyes were very good then, and his father would say, "They've run up the flag." Nick could not see the flag or the flag pole. "There," his father would say, "it's your sister Dorothy. She's got the flag up and she's walking out onto the dock."

Nick would look across the lake and he could see the long wooded shore-line, the higher timber behind, the point that guarded the bay, the clear hills of the farm and the white of their cottage in the trees but he could not see any flag pole, or any dock, only the white of the beach and the curve of the shore.

"Can you see the sheep on the hillside toward the point?"

"Yes."

They were a whitish patch on the gray-green of the hill.

"I can count them," his father said.

Like all men with a faculty that surpasses human requirements, his father was very nervous. Then, too, he was sentimental, and, like most sentimental people, he was both cruel and abused. Also, he had much bad luck, and it was not all of it his own. He had died in a trap that he had helped only a little to set, and they had all betrayed him in their various ways before he died. All sentimental people are betrayed so many

seine schnellen Bewegungen, seine breiten Schultern, seine hakenförmige Habichtsnase, der Bart, der sein schwaches Kinn bedeckte, daran dachte man nie – es waren immer die Augen. Sie waren in seinem Kopf durch die Bildung des Stirnbeins geschützt, tief eingebettet, als ob eine besondere Schutzvorrichtung für ein kostbares Instrument ersonnen worden wäre. Sie sahen viel geschwinder und viel weiter, als das menschliche Auge sieht, und sie waren die große Gabe, die sein Vater besaß. Sein Vater sah, wie ein breithörniger Widder oder wie ein Adler sieht – buchstäblich.

So stand er etwa mit seinem Vater am Seeufer – seine eigenen Augen waren damals sehr gut –, und sein Vater sagte wohl: «Sie haben die Fahne gehißt.» Nick konnte weder die Fahne noch den Fahnenmast sehen. «Siehst du», sagte sein Vater dann, «es ist deine Schwester Dorothy. Sie hat die Fahne aufgezogen, und jetzt geht sie zum Anlegeplatz hinaus.»

Nick blickte über den See hinweg, und er konnte die lange, bewaldete Uferlinie, den höheren Baumbestand dahinter, die Landspitze, die schützend um die Bucht lag, die hellen Hügel der Farm und das Weiß ihres Hauses zwischen den Bäumen sehen, aber er sah keine Fahnenstange und keinen Anlegeplatz, nur das Weiß des Strandes und den Bogen des Ufers.

«Kannst du die Schafe auf dem Hügelabhang, der Landspitze zu, sehen?»

«Ja.»

Sie waren ein weißlicher Fleck auf dem Graugrün des Hügels.

«Ich kann sie zählen», sagte sein Vater.

Wie alle Leute mit einer Fähigkeit, die das normale menschliche Maß übersteigt, war sein Vater sehr nervös. Und empfindsam war er auch, und wie fast alle empfindsamen Menschen war er einerseits grausam, andererseits wurde er oft betrogen. Und dann hatte er auch viel Pech, und es war nicht alles seine Schuld. Er war in einer Falle umgekommen, an deren Aufstellung er nur wenig beteiligt war, und sie hatten ihn alle auf verschiedene Art und Weise verraten, bevor er

times. Nick could not write about him yet, although he would, later, but the quail country made him remember him as he was when Nick was a boy and he was very grateful to him for two things: fishing and shooting. His father was as sound on those two things as he was unsound on sex, for instance, and Nick was glad that it had been that way; for some one has to give you your first gun or the opportunity to get it and use it, and you have to live where there is game or fish if you are to learn about them, and now, at thirty-eight, he loved to fish and to shoot exactly as much as when he first had gone with his father. It was a passion that had never slackened and he was very grateful to his father for bringing him to know it.

While for the other, that his father was not sound about, all the equipment you will ever have is provided and each man learns all there is for him to know about it without advice; and it makes no difference where you live. He remembered very clearly the only two pieces of information his father had given him about that. Once when they were out shooting together Nick shot a red squirrel out of a hemlock tree. The squirrel fell, wounded, and when Nick picked him up bit the boy clean through the ball of the thumb.

"The dirty little bugger," Nick said and smacked the squirrel's head against the tree. "Look how he bit me."

His father looked and said, "Suck it out clean and put some iodine on when you get home."

"The little bugger," Nick said.

"Do you know what a bugger is?" his father asked him.

"We call anything a bugger," Nick said.

"A bugger is a man who has intercourse with animals."

starb. Alle empfindsamen Menschen werden immerzu verraten. Nick konnte noch nicht über ihn schreiben; er würde es später einmal tun, aber das Wachtelland rief ihn Nick ins Gedächtnis zurück, so wie er war, als Nick ein Junge gewesen, und er war ihm für zwei Dinge sehr dankbar: Angeln und Jagen. Sein Vater war auf diesen beiden Gebieten so sattelfest, wie er zum Beispiel in bezug auf alles Geschlechtliche ahnungslos war, und Nick war froh, daß es so gewesen war, denn es muß einem jemand die erste Flinte geben oder die Gelegenheit, eine zu bekommen und sie zu benutzen, und man muß dort leben, wo es Wild und Fische gibt, wenn man wirklich etwas über sie lernen will, und jetzt, mit achtunddreißig, angelte und jagte er genauso gern wie damals, als er zuerst mit seinem Vater gegangen war. Es war eine Leidenschaft, die niemals nachgelassen hatte, und er war seinem Vater sehr dankbar dafür, daß er sie in ihm geweckt hatte.

Für das andere hingegen, worin sein Vater ahnungslos war, ist man mit allem versehen, was man je haben wird, und jeder Mann lernt alles, was es für ihn zu wissen gibt, ohne Anleitung, und es ist gleich, wo man lebt. Er erinnerte sich sehr deutlich an die beiden einzigen Auskünfte, die ihm sein Vater hierüber je gegeben hatte. Einmal, als sie zusammen auf Jagd waren, schoß Nick ein rotes Eichhörnchen von einer Schierlingstanne herunter. Das Eichhörnchen fiel verwundet herab, und als Nick es aufhob, biß es den Jungen glatt durch den Handballen.

«Der dreckige kleine Bugger», sagte Nick und schlug den Kopf des Eichhörnchens gegen den Baum. «Sieh mal, wie er mich gebissen hat.»

Sein Vater blickte hin und sagte: «Lutsch es ordentlich aus und tu Jod darauf, wenn du nach Hause kommst.»

«Der kleine Bugger», sagte Nick.

«Weißt du eigentlich, was ein Bugger ist?» fragte ihn sein Vater.

«Wir nennen alles mögliche Bugger», sagte Nick.

«Ein Bugger ist ein Mensch, der Geschlechtsverkehr mit Tieren hat.»

"Why?" Nick said.

"I don't know," his father said. "But it is a heinous crime."

Nick's imagination was both stirred and horrified by this and the thought of various animals but none seemed attractive or practical and that was the sum total of direct sexual knowledge bequeathed him by his father except on one other subject. One morning he read in the paper that Enrico Caruso had been arrested for mashing.

"What is mashing?"

"It is one of the most heinous of crimes," his father answered. Nick's imagination pictured the great tenor doing something strange, bizarre, and heinous with a potato masher to a beautiful lady who looked like the pictures of Anna Held on the inside of cigar boxes. He resolved, with considerable horror, that when he was old enough he would try mashing at least once.

His father had summed up the whole matter by stating that masturbation produced blindness, insanity, and death, while a man who went with prostitutes would contract hideous venereal diseases and that the thing to do was to keep your hands off of people. On the other hand his father had the finest pair of eyes he had ever seen and Nick had loved him very much and for a long time. Now, knowing how it had all been, even remembering the earliest times before things had gone badly was not good remembering. If he wrote it he could get rid of it. He had gotten rid of many things by writing them. But it was still too early for that. There were still too many people. So he decided to think of something else. There was nothing to do about his father and he had thought it all through many times. The handsome job the undertaker had done on his father's face had not blurred in his mind and all the rest of it was quite clear, in-

«Warum?»

«Ich weiß es nicht», sagte sein Vater. «Aber es ist ein abscheuliches Verbrechen.»

Nicks Phantasie war sowohl angeregt wie angeekelt, und er dachte an verschiedene Tiere, aber keines erschien ihm reizvoll oder hierfür verwendbar, und das war die Gesamtsumme an direktem sexuellem Wissen, die ihm sein Vater hinterließ, bis auf ein zweites Gebiet. Eines Morgens las er in der Zeitung, man habe Enrico Caruso wegen *mashing* [d. h. wegen tätlicher Beleidigung] festgenommen.

«Was ist *mashing*?»

«Es ist eines der abscheulichsten Verbrechen», antwortete sein Vater. Nick malte sich den großen Tenor in der Phantasie aus, wie er etwas Seltsames, Bizarres und Abscheuliches mit einer Kartoffelquetsche [potatoe masher] einer wunderschönen Dame antat, die wie die Bilder von Anna Held im Innern der Zigarrenkisten aussah. Er nahm sich vor, mit beträchtlichem Gruseln, sobald er alt genug sein würde, *mashing* auf jeden Fall einmal zu versuchen.

Sein Vater hatte die ganze Angelegenheit folgendermaßen zusammengefaßt: Masturbation führe Blindheit, Irrsinn und Tod herbei, während ein Mann, der mit Prostituierten ginge, sich grauenhafte Geschlechtskrankheiten holen würde, und es einzig richtig sei, sich mit niemandem einzulassen. Andererseits hatte sein Vater die wunderbarsten Augen gehabt, die er je gesehen hatte, und Nick hatte ihn lange Zeit sehr geliebt. Jetzt, wo er wußte, wie alles gewesen, war selbst die Erinnerung an die frühesten Zeiten, bevor alles schiefging, keine gute Erinnerung. Wenn er es niederschrieb, konnte er es loswerden. Er war eine Menge Dinge losgeworden dadurch, daß er sie niederschrieb. Aber hierfür war es noch zu früh. Zu viele Leute waren noch da. Also beschloß er, an etwas anderes zu denken. An der Sache mit seinem Vater ließ sich nichts ändern; er hatte dies alles viele Male hin und her überlegt. Die geschickte Arbeit, die der Leichenbestatter am Gesicht seines Vaters geleistet hatte, war in seinem Gedächtnis nicht verblaßt, und alles übrige war ganz eindeutig, die Verpflichtung inbegriffen.

cluding the responsibilities. He had complimented the undertaker. The undertaker had been both proud and smugly pleased. But it was not the undertaker that had given him that last face. The undertaker had only made certain dashingly executed repairs of doubtful artistic merit. The face had been making itself and being made for a long time. It had modelled fast in the last three years. It was a good story but there were still too many people alive for him to write it.

Nick's own education in those earlier matters had been acquired in the hemlock woods behind the Indian camp. This was reached by a trail which ran from the cottage through the woods to the farm and then by a road which wound through the slashings to the camp. Now if he could still feel all of that trail with bare feet. First there was the pine-needle loam through the hemlock woods behind the cottage where the fallen logs crumbled into wood dust and long splintered pieces of wood hung like javelins in the tree that had been struck by lightning. You crossed the creek on a log and if you stepped off there was the black muck of the swamp. You climbed a fence out of the woods and the trail was hard in the sun across the field with cropped grass and sheep sorrel and mullen growing and to the left the quaky bog of the creek bottom where the killdeer plover fed. The spring house was in that creek. Below the barn there was fresh warm manure and the other older manure that was caked dry on top. Then there was another fence and the hard, hot trail from the barn to the house and the hot sandy road that ran down to the woods, crossing the creek, on a bridge this time, where the cat-tails grew that you soaked in kerosene to make jack-lights with for spearing fish at night.

Then the main road went off to the left, skirting the woods and climbing the hill, while you went into the

Er hatte dem Leichenbestatter ein Kompliment gemacht, und der Leichenbestatter war stolz und recht geschmeichelt gewesen. Aber es war nicht der Leichenbestatter, der ihm jenes letzte Gesicht gegeben hatte. Er hatte nur gewisse bravouröse Reparaturen von zweifelhaftem künstlerischem Wert ausgeführt. Das Gesicht hatte sich selbst geformt und war geformt worden durch lange Jahre. In den letzten drei Jahren hatte es rasch seine Form gefunden. Es war eine gute Geschichte, aber es waren noch zu viele Leute am Leben, als daß er sie hätte schreiben können.

Sein Wissen um jene anderen Dinge hatte sich Nick in dem Schierlingstannenwald hinter dem Indianerlager erworben. Man gelangte auf einem Pfad dahin, der von dem Haus durch die Wälder zu der Farm lief, und dann auf einem Weg, der sich durch die Schneisen ins Lager wand. Wenn er jetzt doch noch diesen ganzen Pfad mit bloßen Füßen spüren könnte! Zuerst kam der Fichtennadelboden in den Schierlingstannenwaldungen hinter dem Haus, wo die gefällten Stämme zu Holzstaub zerfielen und langsplittrige Holzstücke wie Wurfspeere in dem Baum hingen, den der Blitz getroffen hatte. Man überquerte den Bach auf einem Baumstamm, und wenn man danebentrat, war da der schwarze Morast des Sumpfes. Man kletterte über einen Zaun, wenn man aus dem Wald war, und der Pfad über das Feld mit gemähtem Gras, wo Sauerklee und Wollkraut wuchs, war hart in der Sonne, und zur Linken war der schwanke Sumpfboden des Bachbettes, wo sich der Regenpfeifer seine Nahrung holte. Das Kühlhaus war in jenem Bach. Unterhalb der Scheune gab es frischen, warmen Dünger und den anderen, älteren Dünger, der obenauf in Fladen getrocknet war. Dann kam ein zweiter Zaun und der harte, heiße Pfad von der Scheune zum Haus, und der heiße, sandige Weg, der hinunter zu den Wäldern führte, überquerte den Bach diesmal auf einer Brücke, dort, wo die Rohrkolben wuchsen, die man mit Petroleum tränkte und dann als Fackeln benutzte, um nachts Fische zu stechen.

Dann bog der Hauptweg nach links ab, umsäumte die Wälder und erkletterte den Hügel, während man auf der

woods on the wide clay and shale road, cool under the trees, and broadened for them to skid out the hemlock bark the Indians cut. The hemlock bark was piled in long rows of stacks, roofed over with more bark, like houses, and the peeled logs lay huge and yellow where the trees had been felled. They left the logs in the woods to rot, they did not even clear away or burn the tops. It was only the bark they wanted for the tannery at Boyne City; hauling it across the lake on the ice in winter, and each year there was less forest and more open, hot, shadeless, weed-grown slashing.

But there was still much forest then, virgin forest where the trees grew high before there were any branches and you walked on the brown, clean, springy-needled ground with no undergrowth and it was cool on the hottest days and they three lay against the trunk of a hemlock wider than two beds are long, with the breeze high in the tops and the cool light that came in patches, and Billy said:

"You want Trudy again?"

"You want to?"

"Un Huh."

"Come on."

"No, here."

"But Billy——"

"I no mind Billy. He my brother."

Then afterwards they sat, the three of them, listening for a black squirrel that was in the top branches where they could not see him. They were waiting for him to bark again because when he barked he would jerk his tail and Nick would shoot where he saw any movement. His father gave him only three cartridges a day to hunt with and he had a single-barrel twenty-gauge shotgun with a very long barrel.

"Son of a bitch never move," Billy said.

breiten Tonschieferstraße in den Wald ging, kühl unter den Bäumen und verbreitert, um die Schierlingstannenborke, die die Indianer abschälten, herausschleifen zu können. Die Borke war zu Stapeln in langen Reihen aufgeschichtet, mit noch mehr Borke überdacht wie Häuser, und die geschälten Stämme lagen riesengroß und gelb da, wo man die Bäume gefällt hatte. Man ließ die Stämme in den Wäldern liegen und faulen; man verbrannte oder räumte nicht einmal die Wipfel fort. Es war nur die Borke, die sie in der Gerberei in Boyne City brauchten; im Winter schleppte man sie auf dem Eis über den See, und jedes Jahr gab es weniger Wald und mehr offene, heiße, schattenlose, unkrautbewachsene Schneisen.

Aber damals gab es immer noch viel Wald, Urwald, in dem die Bäume hoch in die Höhe wuchsen, bevor die Zweige kamen, und man ging auf dem braunen, sauberen, nadlig-federnden Boden ohne Unterholz, und es war kühl an den heißesten Tagen, und sie lehnten alle drei an dem Stamm einer Schierlingstanne, der breiter war als zwei Betten zusammen, mit einer Brise hoch oben in den Wipfeln und dem kühlen Licht, das in Flecken lag, und Billy sagte:

«Willst du Trudy noch mal?»

«Willst du?»

«Hm, hu.»

«Dann komm.»

«Nein, hier.»

«Aber Billy ...»

«Billy stört nicht. Er mein Bruder.»

Nachher saßen sie dann alle drei da und horchten auf ein schwarzes Eichhörnchen, das in den oberen Zweigen war, wo sie es nicht sehen konnten. Sie warteten darauf, daß es noch einmal bläffen würde, weil es beim Bläffen den Schwanz ruckartig bewegte, und Nick dorthin schießen würde, wo er eine Bewegung sah. Sein Vater gab ihm jeden Tag nur drei Patronen zum Verschießen, und er hatte eine einläufige Schrotflinte mit einem sehr langen Lauf.

«Scheißkerl, tut sich nie bewegen», sagte Billy.

"You shoot, Nickie. Scare him. We see him jump. Shoot him again," Trudy said. It was a long speech for her.

"I've only got two shells," Nick said.

"Son of a bitch," said Billy.

They sat against the tree and were quiet. Nick was feeling hollow and happy.

"Eddie says he going to come some night sleep in bed with you sister Dorothy."

"What?"

"He said."

Trudy nodded.

"That's all he want do," she said. Eddie was their older halfbrother. He was seventeen.

"If Eddie Gilby ever comes at night and even speaks to Dorothy you know what I'd do to him? I'd kill him like this." Nick cocked the gun and hardly taking aim pulled the trigger, blowing a hole as big as your hand in the head or belly of that half-breed bastard Eddie Gilby. "Like that. I'd kill him like that."

"He better not come then," Trudy said. She put her hand in Nick's pocket.

"He better watch out plenty," said Billy.

"He's big bluff," Trudy was exploring with her hand in Nick's pocket. "But don't you kill him. You get plenty trouble."

"I'd kill him like that," Nick said. Eddie Gilby lay on the ground with all his chest shot away. Nick put his foot on him proudly.

"I'd scalp him," he said happily.

"No," said Trudy. "That's dirty."

"I'd scalp him and send it to his mother."

"His mother dead," Trudy said. "Don't you kill him, Nickie. Don't you kill him for me."

"After I scalped him I'd throw him to the dogs."

Billy was very depressed. "He better watch out," he said gloomily.

«Du schießen, Nickie. Ihm Angst machen. Wir ihn springen sehen. Wieder schießen», sagte Trudy. Es war eine lange Rede für sie.

«Ich hab nur noch zwei Patronen», sagte Nick.

«Scheißkerl», sagte Billy.

Sie lehnten an dem Baumstamm und waren ganz still. Nick fühlte sich ausgehöhlt und glücklich.

«Eddy sagt, er kommen werden eine Nacht, im Bett schlafen mit deiner Schwester Dorothy.»

«Was?»

«Er sagte.»

Trudy nickte.

«Das ist alles, er tun wollen», sagte sie. Eddy war ein älterer Halbbruder. Er war siebzehn.

«Wenn Eddy Gilby jemals abends kommt und auch nur mit Dorothy spricht, weißt du, was ich dann mit ihm mache? Ich werde ihn töten, so.» Nick spannte den Hahn, zielte kaum und drückte ab und riß ein Loch so groß wie die Hand in den Kopf oder Bauch von Eddy Gilby, diesem Bastard von einem Mischling. «Gerade so. Ich töte ihn gerade so.»

«Er besser nicht kommen dann», sagte Trudy. Sie steckte ihre Hand in Nicks Tasche.

«Er besser mächtig aufpassen», sagte Billy.

«Er is großer Bluff.» Trudy kramte mit der Hand in Nicks Tasche. «Aber nicht ihn töten, du. Du haben viel Ärger.»

«Gerade so werde ich ihn töten», sagte Nick. Eddy Gilby lag am Boden, die ganze Brust weggeschossen. Nick setzte stolz seinen Fuß auf ihn.

«Ich werde ihn skalpieren», sagte er vergnügt.

«Nein», sagte Trudy. «Das is schmutzig.»

«Ich skalpier ihn und schick's seiner Mutter.»

«Seine Mutter tot», sagte Trudy. «Töte ihn nicht, Nickie, für mich.»

«Nachdem ich ihn skalpiert habe, werfe ich ihn den Hunden vor.»

Billy war sehr niedergeschlagen. «Er besser aufpassen», sagte er finster.

"They'd tear him to pieces," Nick said, pleased with the picture. Then, having scalped that half-breed renegade and standing, watching the dogs tear him, his face unchanging, he fell backward against the tree, held tight around the neck, Trudy holding, choking him, and crying, "No kill him! No kill him! No kill him! No. No. No. Nickie. Nickie. Nickie!"

"What's the matter with you?"

"No kill him."

"I got to kill him."

"He just a big bluff."

"All right," Nickie said. "I won't kill him unless he comes around the house. Let go of me."

"That's good," Trudy said. "You want to do anything now? I feel good now."

"If Billy goes away." Nick had killed Eddie Gilby, then pardoned him his life, and he was a man now.

"You go, Billy. You hang around all the time. Go on."

"Son a bitch," Billy said. "I get tired this. What we come? Hunt or what?"

"You can take the gun. There's one shell."

"All right. I get a big black one all right."

"I'll holler," Nick said.

Then, later, it was a long time after and Billy was still away.

"You think we make a baby?" Trudy folded her brown legs together happily and rubbed against him. Something inside Nick had gone a long way away.

"I don't think so," he said.

"Make plenty baby what the hell."

They heard Billy shoot.

"I wonder if he got one."

"Don't care," said Trudy.

Billy came through the trees. He had the gun over

«Sie werden ihn in Stücke reißen», sagte Nick befriedigt von dieser Vorstellung. Dann, nachdem er den Überläufer und Mischling skalpiert und mit bewegungslosem Gesicht dabeigestanden und zugesehen hatte, wie die Hunde ihn zerrissen, ließ er sich rückwärts gegen den Baum fallen, fest umhalst von Trudy, die ihn beinah erstickte und schrie: «Nicht ihn töten! Nicht ihn töten. Nicht ihn töten! Nein. Nein. Nein. Nickie. Nickie. Nickie.»

«Was ist denn mit dir los?»

«Nicht ihn töten.»

«Ich muß ihn töten.»

«Er nur großer Bluff.»

«Schön», sagte Nick. «Ich werde ihn nicht töten, wenn er nicht in die Nähe des Hauses kommt. Laß mich los.»

«Das ist gut», sagte Trudy. «Du jetzt etwas machen wollen? Ich jetzt fühlen gut.»

«Wenn Billy weggeht.» Nick hatte Eddy Gilby getötet und ihm dann das Leben geschenkt, und jetzt war er ein Mann.

«Geh doch, Billy. Du lungerst hier die ganze Zeit rum. Geh schon.»

«Scheißkerl», sagte Billy. «Ich hab genug. Wozu wir kommen? Jagen oder was?»

«Du kannst das Gewehr nehmen. Da ist eine Patrone.»

«Schön. Ich kriege ein großes schwarzes.»

«Ich werd Huhu rufen», sagte Nick.

Dann, später, es war eine lange Zeit danach, und Billy war noch weg.

«Glaubst du, wir machen ein Baby?» Trudy legte ihre braunen Beine behaglich aneinander und kuschelte sich an ihn. Etwas in Nick war weit, weit weggewesen.

«Ich glaube nicht», sagte er.

«Machen viele Babies. Teufel noch mal.»

Sie hörten Billy schießen.

«Ob er wohl eines bekommen hat?»

«Mir egal», sagte Trudy.

Billy kam zwischen den Bäumen durch. Er hatte das Gewehr

his shoulder and he held a black squirrel by the front paws.

"Look," he said. "Bigger than a cat. You all through?"

"Where'd you get him?"

"Over there. Saw him jump first."

"Got to go home," Nick said.

"No," said Trudy.

"I got to get there for supper."

"All right."

"Want to hunt tomorrow?"

"All right."

"You can have the squirrel."

"All right."

"Come out after supper?"

"No."

"How you feel?"

"Good."

"All right."

"Give me kiss on the face," said Trudy.

Now, as he rode along the highway in the car and it was getting dark, Nick was all through thinking about his father. The end of the day never made him think of him. The end of the day had always belonged to Nick alone and he never felt right unless he was alone at it. His father came back to him in the fall of the year, or in the early spring when there had been jacksnipe on the prairie, or when he saw shocks of corn, or when he saw a lake, or if he ever saw a horse and buggy, or when he saw, or heard, wild geese, or in a duck blind; remembering the time an eagle dropped through the whirling snow to strike a canvas-covered decoy, rising, his wings beating, the talons caught in the canvas. His father was with him, suddenly, in deserted orchards and in new-plowed fields, in thickets, on small hills, or when going through dead grass, whenever splitting wood or hauling water, by

über der Schulter, und er hielt ein schwarzes Eichhörnchen bei den Vorderpfoten.

«Sieh mal», sagte er. «Größer als eine Katze. Ihr mit allem fertig?»

«Wo hast du es gekriegt?»

«Dort drüben. Sah ihn springen erst.»

«Ich muß nach Hause gehen», sagte Nick.

«Nein», sagte Trudy.

«Ich muß zum Essen zurück sein.»

«Schön.»

«Wollen wir morgen auf Jagd gehen?»

«Schön.»

«Du kannst das Eichhörnchen haben.»

«Schön.»

«Rauskommen nach Abendbrot?»

«Nein.»

«Wie fühlst du dich?»

«Gut.»

«Schön.»

«Mir Kuß in Gesicht geben», sagte Trudy.

Jetzt, wie er in seinem Wagen die Chaussee entlangfuhr und es dunkel wurde, dachte Nick mit keinem Gedanken mehr an seinen Vater. Das Ende des Tages veranlaßte ihn nie, an ihn zu denken. Das Ende des Tages hatte immer Nick allein gehört, und er fühlte sich niemals wohl, wenn er dann nicht allein war. Sein Vater kam ihm im Herbst oder im ersten Frühling ins Gedächtnis, wenn es Schnepfen auf der Prairie gab, oder wenn er Garbenhaufen sah, oder wenn er einen See sah, oder wenn er je ein Pferd und einen Wagen davor sah, oder wenn er Wildgänse sah oder hörte, oder in einem Entenschirm, und er sich an den Tag erinnerte, an dem ein Adler in wirbelndem Schnee niederging, um sich auf eine mit Sackleinwand bedeckte Lockente zu stürzen, und sich dann mit schlagenden Flügeln erhob, die Krallen in der Sackleinwand gefangen. Sein Vater war plötzlich in verlassenen Obstplantagen neben ihm und auf frisch gepflügten Feldern, in Dickichten, auf kleine Hügeln, oder wenn er durch totes Gras ging, immer wenn er

grist mills, cider mills and dams and always with open fires. The towns he lived in were not towns his father knew. After he was fifteen he had shared nothing with him.

His father had frost in his beard in cold weather and in hot weather he sweated very much. He liked to work in the sun on the farm because he did not have to and he loved manual work, which Nick did not. Nick loved his father but hated the smell of him and once when he had to wear a suit of his father's underwear that had gotten too small for his father it made him feel sick and he took it off and put it under two stones in the creek and said that he had lost it. He had told his father how it was when his father had made him put it on but his father had said it was freshly washed. It had been, too. When Nick had asked him to smell of it his father sniffed at it indignantly and said that it was clean and fresh. When Nick came home from fishing without it and said he lost it he was whipped for lying.

Afterwards he had sat inside the woodshed with the door open, his shotgun loaded and cocked, looking across at his father sitting on the screen porch reading the paper, and thought, "I can blow him to hell. I can kill him." Finally he felt his anger go out of him and he felt a little sick about it being the gun that his father had given him.

Then he had gone to the Indian camp, walking there in the dark, to get rid of the smell. There was only one person in his family that he liked the smell of; one sister. All the others he avoided all contact with. That sense blunted when he started to smoke. It was a good thing. It was good for a bird dog but it did not help a man.

"What was it like, Papa, when you were a little boy and used to hunt with the Indians?"

"I don't know," Nick was startled. He had not even

Holz spaltete oder Wasser schleppte, in Getreidemühlen, Apfelweinpressen, auf Dämmen und immer an Lagerfeuern. Die Städte, in denen er lebte, waren keine Städte, die sein Vater gekannt hatte. Nach seinem fünfzehnten Lebensjahr hatte er nichts mehr mit ihm geteilt.

Sein Vater hatte bei kaltem Wetter Frost im Bart, und bei heißem Wetter schwitzte er sehr stark. Er arbeitete gern auf der Farm in der Sonne, weil er es nicht mußte, und er arbeitete gern mit den Händen, was Nick nicht mochte. Nick liebte seinen Vater, aber er verabscheute den Geruch, und einmal, als er seines Vaters Unterwäsche tragen mußte, die seinem Vater zu klein geworden war, wurde ihm schlecht, und er zog sie aus und legte sie unter zwei Steine im Bach und sagte, er habe sie verloren. Er hatte seinem Vater gesagt, wie es war, als sie ihm dieser zum Anziehen gab, aber sein Vater hatte gesagt, sie sei frisch gewaschen. Es war auch so. Als Nick ihn gebeten hatte, er solle doch mal daran riechen, hatte sein Vater unwillig daran geschnüffelt und gesagt, sie sei sauber und frisch. Als Nick ohne sie vom Angeln nach Hause kam und sagte, er habe sie verloren, bekam er Prügel wegen Lügen.

Nachher hatte er im Holzschuppen gesessen, bei offener Tür, mit geladener Flinte, gespanntem Hahn und zu seinem Vater hinübergeblickt, der hinter dem Fliegengitter auf der Veranda saß und die Zeitung las, und hatte gedacht: Ich kann ihn zum Teufel jagen. Ich kann ihn totschießen. Schließlich spürte er, wie der Ärger ihn verließ, und ihm war ziemlich scheußlich zumute, weil es die Flinte war, die ihm sein Vater geschenkt hatte. Dann war er ins Indianerlager gegangen, in der Dunkelheit hingelaufen, um den Geruch loszuwerden. Es gab nur einen Menschen in seiner Familie, dessen Geruch er mochte; das war eine seiner Schwestern. Mit allen anderen vermied er jede Berührung. Sein Geruchssinn stumpfte ab, als er zu rauchen anfing. Das war gut so. Für einen Hühnerhund war es wichtig, aber einem Mann war es zu nichts nutze.

«Wie war es denn, Daddy, als du ein kleiner Junge warst und mit den Indianern auf die Jagd gingst?»

«Ich weiß nicht.» Nick fuhr zusammen. Er hatte nicht

noticed the boy was awake. He looked at him sitting beside him on the seat. He had felt quite alone but this boy had been with him. He wondered for how long. "We used to go all day to hunt black squirrels," he said. "My father only gave me three shells a day because he said that would teach me to hunt and it wasn't good for a boy to go banging around. I went with a boy named Billy Gilby and his sister Trudy. We used to go out nearly every day all one summer."

"Those are funny names for Indians."

"Yes, aren't they," Nick said.

"But tell me what they were like."

"They were Ojibways," Nick said. "And they were very nice."

"But what were they like to be with?"

"It's hard to say," Nick Adams said. Could you say she did first what no one has ever done better and mention plump brown legs, flat belly, hard little breasts, well holding arms, quick searching tongue, the flat eyes, the good taste of mouth, then uncomfortably, tightly, sweetly, moistly, lovely, tightly, achingly, fully, finally, unendingly, never-endingly, never-to-endingly, suddenly ended, the great bird flown like an owl in the twilight, only it daylight in the woods and hemlock needles stuck against your belly.

So that when you go in a place where Indians have lived you smell them gone and all the empty pain killer bottles and the flies that buzz do not kill the sweetgrass smell, the smoke smell and that other like a fresh cased marten skin. Nor any jokes about them nor old squaws take that away. Nor the sick sweet smell they get to have. Nor what they did finally. It wasn't how they ended. They all ended the same. Long time ago good. Now no good.

einmal bemerkt, daß der Junge wach war. Er blickte ihn an, wie er da neben ihm auf dem Sitz saß. Er hatte sich ganz allein gefühlt, aber der Junge da war bei ihm gewesen. Wie lange wohl? «Wir jagten immer den ganzen Tag lang schwarze Eichhörnchen», sagte er. «Mein Vater gab mir nur drei Patronen am Tag. Er sagte, das würde mir's Schießen beibringen, und es wäre nicht gut für einen Jungen, einfach rumzulaufen und draufloszuknallen. Ich ging mit einem Jungen, der Billy Gilby hieß, und seiner Schwester Trudy. Wir gingen einen ganzen Sommer über jeden Tag zusammen los.»

«Das sind komische Namen für Indianer.»

«Ja, nicht?» sagte Nick.

«Aber erzähl mir, wie sie waren.»

«Es waren Ojibways», sagte Nick. «Und sie waren sehr nett.»

«Wie waren sie so, wenn man mit ihnen zusammen war?»

«Das ist schwer zu sagen», sagte Nick Adams. Konnte man sagen, daß sie als erste machte, was keine je besser gemacht hat, und konnte man dralle braune Beine erwähnen, einen flachen Bauch, harte kleine Brüste, fest umschließende Arme, eine schnell umhersuchende Zunge, die flachen Augen, den guten Geschmack ihres Mundes, dann unbehaglich, eng, süß, feucht, wunderbar, eng, schmerzhaft, voll, endgültig, nicht endend, niemals endend, niemals enden sollend, plötzlich endend war der große Vogel aufgeflogen wie eine Eule im Zwielicht, nur daß es Tageslicht war in den Wäldern und einem Tannennadeln am Bauch klebten. So daß man, wenn man an einen Platz kommt, wo Indianer gelebt haben, sie riecht, wenn sie auch fort sind; und all die leeren, kummerstillenden Flaschen und die Fliegen, die herumsummen, töten nicht den Geruch von Riedgras und den Geruch von Rauch und jenen anderen, wie von einem frisch abgezogenen Marderfell. Weder irgendwelche Witze über sie noch alte Squaws können einem dies nehmen. Auch nicht der süßlich-üble Geruch, den sie dann haben. Auch nicht, was sie zum Schluß taten. Es war nicht, was sie zum Schluß machten. Zum Schluß waren sie alle gleich. Vor langer Zeit einmal gut. Jetzt nicht mehr.

And about the other. When you have shot one bird flying you have shot all birds flying. They are all different and they fly in different ways but the sensation is the same and the last one is as good as the first. He could thank his father for that.

"You might not like them," Nick said to the boy. "But I think you would."

"And my grandfather lived with them too when he was a boy, didn't he?"

"Yes. When I asked him what they were like he said that he had many friends among them."

"Will I ever live with them?"

"I don't know," Nick said. "That's up to you."

"How old will I be when I get a shotgun and can hunt by myself?"

"Twelve years old if I see you are careful."

"I wish I was twelve now."

"You will be, soon enough."

"What was my grandfather like? I can't remember him except that he gave me an air rifle and an American flag when I came over from France that time. What was he like?"

"He's hard to describe. He was a great hunter and fisherman and he had wonderful eyes."

"Was he greater than you?"

"He was a much better shot and his father was a great wing shot too."

"I'll bet he wasn't better than you."

"Oh, yes he was. He shot very quickly and beautifully. I'd rather see him shoot than any man I ever knew. He was always very disappointed in the way I shot."

"Why do we never go to pray at the tomb of my grandfather?"

"We live in a different part of the country. It's
 a long way from here."

 "In France that wouldn't make any difference. In

Und das andere. Wenn man einen Vogel im Flug geschossen hat, hat man alle Vögel im Flug geschossen. Sie sind alle verschieden, und sie fliegen auf verschiedene Art und Weise, aber das Gefühl ist das gleiche, und der letzte ist ebensogut wie der erste. Dafür war er seinem Vater dankbar.

«Vielleicht würden sie dir nicht gefallen», sagte Nick zu dem Jungen, «aber ich glaube eigentlich doch.»

«Und Großvater lebte auch, als er ein Junge war, mit ihnen zusammen, nicht wahr?»

«Ja. Als ich ihn fragte, wie sie waren, sagte er, daß er viele Freunde unter ihnen hatte.»

«Werde ich auch mal mit ihnen leben?»

«Ich weiß nicht», sagte Nick. «Das hängt von dir ab.»

«Wie alt muß ich sein, daß ich ein Gewehr bekomme und allein auf die Jagd gehen kann?»

«Zwölf Jahre, wenn ich sehe, daß du vorsichtig bist.»

«Ich wollte, ich wäre jetzt zwölf.»

«Das wirst du bald genug sein.»

«Wie war Großvater eigentlich? Ich kann mich nicht an ihn erinnern, außer daß er mir, als ich aus Frankreich damals herüberkam, ein Luftgewehr und eine amerikanische Flagge geschenkt hat. Wie war er denn?»

«Er läßt sich schwer beschreiben. Er war ein großer Jäger und Angler, und er hatte wunderbare Augen.»

«War er besser als du?»

«Er war ein viel besserer Schütze als ich, und sein Vater war auch ein großer Flugschütze.»

«Ich wette, daß er nicht besser war als du.»

«O doch. Er hat sehr schnell und schön geschossen. Ich habe ihm lieber beim Schießen zugesehen als irgendeinem anderen Menschen, den ich je gekannt habe. Er war immer sehr unzufrieden mit meiner Art zu schießen.»

«Warum gehen wir eigentlich nie an Großvaters Grab beten?»

«Wir leben in einem anderen Teil des Landes. Es ist weit von hier entfernt.»

«In Frankreich würde das nichts ausmachen. In Frankreich

France we'd go. I think I ought to go to pray at the tomb of my grandfather."

"Sometime we'll go."

"I hope we won't live somewhere so that I can never go to pray at your tomb when you are dead."

"We'll have to arrange it."

"Don't you think we might all be buried at a convenient place? We could all be buried in France. That would be fine."

"I don't want to be buried in France," Nick said.

"Well, then, we'll have to get some convenient place in America. Couldn't we all be buried out at the ranch?"

"That's an idea."

"Then I could stop and pray at the tomb of my grandfather on the way to the ranch."

"You're awfully practical."

"Well, I don't feel good never to have even visited the tomb of my grandfather."

"We'll have to go," Nick said. "I can see we'll have to go."

würden wir hinfahren. Ich finde, ich sollte an Großvaters Grab gehen und beten.»

«Irgendwann fahren wir mal hin.»

«Ich hoffe, daß wir nie irgendwo wohnen werden, wo ich nicht an deinem Grab beten kann, wenn du tot bist.»

«Darum müssen wir uns kümmern.»

«Meinst du nicht, wir könnten alle an einem bequem gelegenen Ort begraben werden? Wir könnten alle in Frankreich begraben werden. Das wäre großartig.»

«Ich will nicht in Frankreich begraben werden», sagte Nick.

«Na, dann müssen wir irgendeinen bequem gelegenen Platz in Amerika finden. Könnten wir nicht alle draußen auf der Ranch begraben werden?»

«Das ist eine Idee.»

«Dann könnte ich auf dem Weg zur Ranch anhalten und an Großvaters Grab beten.»

«Du bist furchtbar praktisch.»

«Ja, weißt du, ich habe das Gefühl, daß es nicht richtig ist, daß ich noch nie an Großvaters Grab war.»

«Wir müssen hin», sagte Nick. «Ich sehe schon, wir müssen hin.»